U0140950

♀

ni

ni

de

xin

ling

cheng

bao

温 小平

温情私语系列

润 泽 生 命，感 动 心 灵

泥泥的心灵城堡

青 岛 出 版 社

QINGDAO PUBLISHING HOUSE

图书在版编目（CIP）数据

泥泥的心灵城堡/温小平著；蔡嘉骅绘. —青岛：青岛出版社，2008.12
ISBN 978-7-5436-5086-2

Ⅰ.泥...　Ⅱ.①温...②蔡...　Ⅲ.人生哲学-青少年读物　Ⅳ.B821.49

中国版本图书馆 CIP 数据核字（2008）第 191581 号

山东省版权局著作权合同登记号　图字：15－2008－141
本书由台湾幼狮文化事业股份有限公司授权出版

书　　名　泥泥的心灵城堡
著　　者　温小平
绘　　图　蔡嘉骅
出版发行　青岛出版社
社　　址　青岛市徐州路 77 号；266071
本社网址　http://www.qdpub.com
邮购电话　13335059110　（0532）85814750（兼传真）　80998664
责任编辑　刘耀辉　**E-mail**：bolanggupku@163.com
特约校对　薛真子
装帧设计　乔　峰
照　　排　青岛正方文化传播有限公司
印　　刷　青岛海尔丰彩印刷有限公司
出版日期　2009 年 1 月第 1 版　　2009 年 3 月第 2 次印刷
开　　本　32 开（890mm×1240mm）
印　　张　6.5
字　　数　200 千
书　　号　ISBN 978－7－5436－5086－2
定　　价　18.00 元
编校质量、盗版监督免费服务电话　8009186216
青岛版图书售出后如发现印装质量问题，请寄回青岛出版社印刷物资处调换。
电话：(0532)80998826

本书建议陈列类别：青少年心理自助

【自序】/温小平

虽然没有城堡，公主依然美丽

到底什么是公主？

穿着长长的蓬蓬裙，留着一头金色的长发，皮肤比雪还要白，歌声比黄莺更动听，住在高高的山上的城堡里，国王和王后都非常疼爱她，即使她想要摘下天上的星星做项链、用月亮当镜子、拿太阳当球踢，国王也会尽一切力量满足她的愿望。

当她慢慢长大，许多男子会爱慕她、追求她，她被浓浓的爱包围着，连细菌都靠近不了。突然有一天，她被魔王抓走了。全世界的帅哥、王子都会行动起来，想尽办法要救她出来，成功的话，就可以把公主娶回家。

公主的一生就是这样吗？

如果公主没有金头发，穿的是别人捐的衣服，皮肤黑黑的,唱歌像鸭子叫……更重要的是,没有人爱她,没有人在乎她,她,就不是公主了吗?

这是我小时候的疑问,我问了很多人,他们只是摸摸我的头说:"你想得太多了!"没有给我答案。

可是,我始终觉得,自己是一个如假包换的公主。因为,真正的公主不一定要漂亮,但一定要有一颗善良的心,愿意帮助别人;而当她遇到困难时,自己会想办法解决;她不但自己快乐,也会撒播快乐。

小女生泥泥就是这样的公主。从外表看,她毫不出色,在学校的成绩也不是很理想,有时难得得到机会到台上表演节目,结果却状况百出。可是,不管在哪一种困境中,她都懂得自得其乐,而且,还会想办法脱困。不像有些女生,只会哭泣,希望别人来救她。

泥泥生长在一个再婚家庭中,而且爸妈还重男轻女,她才不过十二岁就要做许多家事。但这些她都不在乎,只在乎妈妈能够爱她。

但是,因为泥泥刚出生,爸爸就过世了,所以周围所有人就把这笔账记到了泥泥头上,认为她是一个倒霉的小孩,无论走到哪里，遇见谁谁就倒霉。

她的妈妈因为担心被泥泥"克"死，竟然也相信了算命先生的说法，从来不准泥泥叫她"妈妈"。所以，当泥泥伤心时，必须非常非常小心，不让"妈妈"两个字脱口而出，免得害死妈妈。

任何人遇到这种情形，都绝对快乐不起来，但是，她是公主泥泥，她不怕任何挑战。

于是，她不但自己脱困，也救了别人。

其实，《泥泥的心灵城堡》有一部分说的是我童年的故事（男主角袁大乘是我的小学同学）。那时因为身边没有人帮助我，我便常常自己编故事安慰自己、鼓励自己，希望有一天可以证明：我不是受诅咒的生命，我可以带给别人快乐。

亲爱的读者朋友，希望你读了本书后，不管遇到什么样的困境，也能像泥泥那样永远都做一个快乐的公主。

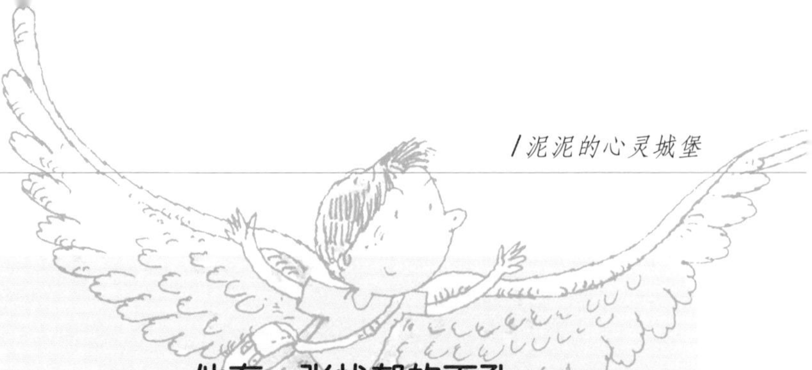

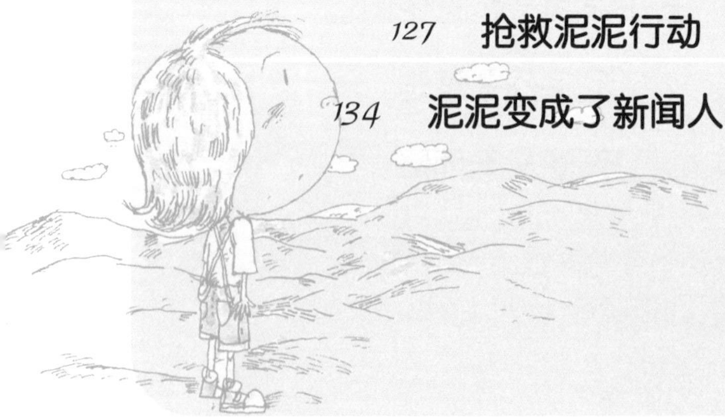

妈妈要当新娘了！

　　泥泥很少看到妈妈这么高兴：她不但把长了好多根白发的头发染成芭比娃娃一样的金色，还兴致勃勃地去文了眉和眼线。泥泥望着妈妈的脸，觉得自己的妈妈好像被人偷走了。

　　很小的时候，泥泥就开始常常做一个奇怪的梦，梦见自己站在百货商场的橱窗前，里面坐着一排模特儿，每个模特都长得不一样，头发的颜色也不同，其中一个跟她妈妈很像，可是，看啊看的，妈妈就不见了，她的身体上面换了另一个女人的头，还露出诡异的笑容。

　　泥泥每次都被吓醒。可是，这样的梦却反复出现，让她每次都提心吊胆，担心妈妈会突然失踪，甚至猜疑现在的妈妈不是真妈妈，真妈妈可能早就被虎姑婆吃掉了。要不然，妈妈为什么不让她叫她"妈妈"，而只能叫"阿姨"呢？

以前还小，泥泥也搞不清楚。同学问她，她总是说："我妈妈说她以前家里很穷，曾经把我送给别人养，后来抱了回来。那时我已经习惯叫她阿姨了，就这么叫了下来。"

泥泥的爸爸很早就过世了，她没有见过爸爸本人，只看过他的照片，长得很帅呢！他有一头自来卷的黑发，眼睛又大又有神，好像在跟她说话。

妈妈一个女人过日子，很怕被人欺负，认识了现在的李叔叔后，就请他保护她们母女。后来，他们就住在了一起。

因为没有钱，所以妈妈和李叔叔一直没有结婚。

现在，弟弟佳龙进小学念一年级了。妈妈提出想要结婚热闹热闹，李叔叔立刻就答应了。

妈妈兴奋得好像新娘子。泥泥这么说时，妈妈回答："我本来就是新娘子啊！你看阿姨漂不漂亮？你长大以后也要做新娘子啊！"

泥泥亮了眼睛，说："我还要等很久才能长大，那时才能做新娘子，可我现在就能做你的花童了。"

妈妈的脸色好像红绿灯换了信号,变化不定,不晓得是假装没有听到她的话,还是真有别的事,急忙转了话题:"我要去试礼服了,万一还要修改,就来不及了。"

　　泥泥的肤色从小就比较深,她生出来的时候又瘦又小,就像一团烂泥巴,所以妈妈给她起名叫"泥泥"。同学们不但嘲笑她黑,还说:"你将来一定不会当新娘,连当花童都没有人敢让你当。"

　　所以,泥泥的梦想就是当花童。她写作文时曾这样写过,作文被老师念出来后,全班同学都笑得东倒西歪。可是,她还是继续这样跟老天祷告,希望有一天愿望会实现。问题是,她已经十二岁了,身高一米五,会有这么高的花童吗?

　　妈妈试礼服回来,佳龙拿了一张照片给泥泥看,炫耀说:"姐姐,你看我穿西装喔!是不是很帅?"

　　泥泥接过照片,心里有了答案:妈妈真的很偏心,她喜欢弟弟,让他当花童,却拒绝了自己。

　　泥泥的小脑瓜快速转动,心想不该这么快放弃,花童通常是两个,除了男生,还有女生,她还有希望。但她很快就从弟弟口中得知,女花童是他们的表妹。表妹的皮肤很白,很像白雪公主——妈妈常常这么形容。那么,妈妈不只偏心,更加证明她真的是"阿姨",不是"妈妈"了。

婚礼的前一天,家里来了好多亲戚。大家都忙着分配工作,就是没有人想到泥泥。泥泥很着急,放学回家就问妈妈:"阿姨,你明天结婚,要不要我帮忙?"

妈妈冷冷地看了她一眼,脸上没有特别的表情,淡淡地说:"最近小偷多,你在家里看家好了。"

"为什么我不能去? 小偷来了,我看家也没有用啊。我们可以打电话给警察,请他们帮忙加强巡逻。"

"你马上要升初中了,功课那么多,还要考试,在家好好念书吧。"

"我可以今天晚上不睡觉,把功课写完,把书念完……"

妈妈挥了挥手,说:"写完功课,你还要洗衣服、拖地,你没有看到家里有很多事要做吗? 你不要说了,阿姨已经决定了。"

妈妈为什么不让她去? 好像有什么事在刻意

瞒着她。她去问李叔叔，李叔叔"嗯啊"了半天，才说："你就听你阿姨的话吧，你知道我最怕她的。"

泥泥看着屋子里走来走去的人们都在兴奋地交头接耳，仿佛忘了她的存在，便不想再待在家里。她决定背起书包去找田芳瑜一起写功课，顺便吐吐苦水。

田妈妈看到泥泥，笑得非常开心，亲切地说："泥泥，你怎么好久没来了？我刚煮了一锅西米露，我去盛给你喝。"

泥泥觉得，田妈妈还比较像她妈妈。所以，她只要心情不好，就会跑到田家，跟田妈妈聊天，说她的心事。田妈妈听说她的梦想是当花童，不但没有笑她，还蛮认真地说："虽然田妈妈没机会让你当花童，可是小瑜结婚时，我一定让你当她的伴娘，她如果不答应，我就不让她结婚。"

跟芳瑜一起喝西米露时，田妈妈关切地问："泥泥，你妈妈不是明天要结婚吗？家里一定很忙，你怎么不在家帮忙呢？"

泥泥的眼眶红了，说："我妈妈不让我当花童，也不让我去喝喜酒。"

田妈妈叹了口气："唉！一定又是听了那些三姑六婆的

话,觉得你去参加婚礼,犯冲,对她不利。都二十一世纪了,怎么还信这个?"

泥泥也很讨厌迷信,她常听到家里的长辈说她的命很"硬",所以一出生就把爸爸给"克"死了。

真奇怪,爸爸长得又高又大,同时可以跟几个人打架(这是妈妈说的,爸爸当年击败很多男生才追到妈妈的),她当时只是一个不会说话、也不会走路的小婴儿,怎么就能害死爸爸呢?

写功课的时候,泥泥实在没办法专心,便合起了书本。发了一会儿呆后,她很严肃地问芳瑜:"你是不是我的好朋友?"

芳瑜用力点头:"当然是啊!"

"我就是想破脑袋,也要想出办法去参加我妈妈的婚礼! 你一定要帮我的忙。"

"除了不能为你死,也不能把我喜欢的男生让给你,我什么事都可以帮你。"芳瑜伸出小手指跟泥泥拉了勾。

南瓜马车

　　泥泥平常喜欢读故事书,妈妈给的零用钱她都省下来买书看了。班上的小小图书馆陈列着许多同学捐的书,她每本都看了好几遍。芳瑜家的书当然也逃不过她的眼睛。

　　除了《福尔摩斯探案》、《伊索寓言》等,她还喜欢看童话故事。"只不过,童话故事里都把女生写得很笨。"她常常跟芳瑜这样说。

　　"怎么会呢?"

　　"你看,白雪公主要等王子吻她,才会苏醒,她不会自己用力一咳,把毒苹果咳出来? 睡美人也是睡了好久,等王子来救她。美人鱼更可怜,把尾巴换成脚,走路都会流血,王子还是不跟她结婚。我才不要那么笨呢!"

　　想了一晚后,泥泥想到灰姑娘参加王子的舞会时是搭了南瓜马车去的,便决心也要找一辆属于自己的南瓜马车。

跟芳瑜一商量,芳瑜便大声喊了出来:"找田逸豪!"

田逸豪是芳瑜的哥哥,因为入读的学校离家很远,所以在外面租了房子。平常他开一辆很炫的吉普车,全台湾岛到处跑。

田逸豪倒是很干脆,答应载她们去参加婚礼,并说危急时刻还可以载她们用最快的速度跑掉。

新的问题又来了:泥泥这样正大光明地去参加喜宴,一定会被妈妈认出来,然后把妈妈气得半死。即使妈妈真的不爱她,她也不能破坏妈妈的婚礼不是?

当天下午,芳瑜和田逸豪坐在吉普车上在巷口等了半天,仍没看到泥泥。芳瑜掏出手机正要联络她,有个穿吊带裤、戴鸭舌帽、有点邪里邪气的男生靠过来问芳瑜:"小姐,请问你现在几点?"

"五点四十分啦!"芳瑜不耐烦地回答。没想到,那个男生竟然打开车门要上车。

"你做什么呀? 这是我家的车,你下去! 哥,哥,你快来!"芳瑜大声呼叫正在旁边的便利店买饮料的田逸豪。

田逸豪冲了过来。这个男生却摘下帽子,顽皮地笑了。

"他"一脸得意地说："我是泥泥。哈哈，你们被我骗了！"

"死泥泥，吓我一跳！你为什么打扮成男生？"

"我妈不是迷信我会'克'死她吗？那我打扮成男生，就换了一个人，不是我孟泥泥啦，所有的魔咒不就都失效了？"

他们赶在婚礼前到了餐厅，坐在角落的一张桌子旁观礼。泥泥兴奋得脸都涨红了。当她看到佳龙穿着小西装很绅士地走出来时，觉得当他姐姐真是很神气的一件事。当李叔叔牵着妈妈走过红地毯时，她激动得流下了眼泪，嘴里不停地说："新娘好漂亮喔！"

吃着糖果，喝着饮料，他们三个人聊得很开心，准备按计划吃完前三道菜就闪人。这时，担任婚礼总管的人突然走过来，问他们："你们是哪一方的亲戚朋友？"

泥泥有些心虚，小声回答："男方女方我们都认识。"

婚礼总管看了他们几眼，皱了皱眉头，便走到主桌那边去跟李叔叔交头接耳。泥泥一看情况不对，心想搞不好还会有其他人认出她来,就立刻说出了撤退的暗号——"柯南!"

匆忙跳上车,泥泥不停地往后看。确定自己的鞋子没有掉,也没有人追上来后,她拍着胸口松了一口气,说:"好紧张,万一被认出来,我就死定了。"

泥泥把她跟别的同学借的男生衣服脱下来,交给芳瑜保管,换上了自己的衣服。然后,她跑回家用最快的速度把地拖干净,把洗衣机里的衣服晾好,洗了个冲锋澡,换上睡衣,便坐在自己房间里写起功课来。

过了好一会儿,她听到有人开门进来,便假装读书读累了,趴在桌上睡着了。妈妈开门看了看,说:"泥泥好好的在房间里啊!怎么有人跟我说,看到泥泥去参加婚礼了呢?"说完又关上了门。

泥泥在心里祈祷,希望妈妈平安无事。不然妈妈万一有个三长两短,亲戚们知道了真相,肯定又会怪她偷偷去参加婚礼,害了妈妈。

我是睡美人？

泥泥今天很不想上学。

本来准备赖床的，可是，才不过晚了两分钟起床，妈妈就开始骂人了："泥泥，你不要又装死装活的，阿姨这次不会上当了！你再不起床，我就用冷水像浇花一样浇醒你！"

妈妈这么说是有原因的。前不久，班上要考英文，泥泥因为晚上偷看小说，英文单词没背完，就不想去学校了。闹钟响了很久，她仍故意装睡，好像睡死了一样。不管妈妈怎么掐她捏她，甚至搔她脚底心，她都忍住，不笑就是不笑，不醒就是不醒，假装自己就是睡美人。

妈妈吓坏了，赶紧叫李叔叔："志高，志高，泥泥不对劲了,快送她去医院。"

大家七手八脚地把泥泥抬上车,送去了医院急诊室。结果医生检查了半天也查不出毛病。妈妈着急地问:"医生,她会不会永远都醒不过来了?"

医生摇了摇头,说:"我们给她打点滴吧！她大概是读书太累了。现在的小孩真辛苦,个个都希望自己变成睡美人,永远不要醒过来。你别担心,她也许睡久一点,自然就醒了。"

旁边来看急诊的人也跟妈妈说:"我家小孩上次也是这样,一直睡,却查不出原因。听说现在的小孩鬼点子很多:不想去学校,就假装生病;害怕考试,就吵着要自杀。唉！父母难做啊！"

妈妈用力拍了一下泥泥的脚,说:"你如果敢给我装睡,不要说王子不会出现,我还要罚你天天刷马桶,让你做马桶公主！"

泥泥怎么敢醒呢？早知道这样就去学校了,考不好,大不了被骂一顿。现在又要增加家事项目,她就是有十只手十只脚,也做不完啊！肯定要牺牲看偶像剧的时间,也不能听 CD 了。她后悔了,心里开始想办法假装自然醒来。

大概是点滴打多了,泥泥全身灌满了水,膀胱涨到都快要爆炸了。这时只要有人压一下泥泥的肚子,她就会变成喷泉,不晓得会不会有人对着她许愿? 最后实在忍不住了,她只好翻身坐起,往厕所冲。点滴架被泥泥拉倒了,她手腕上的针头也脱落了……

幸好,没有尿到裤子上。但是,泥泥知道,只要她胆敢走出厕所,就会被妈妈骂到臭头。她这辈子算是信誉扫地了!

结果,泥泥被罚打扫了一个多星期的厕所。她刷了几十遍马桶后,妈妈的气还没有消,说她丢脸丢到家了。

还好啦! 她没有真的一睡不起死翘翘,如果她死掉的话,不知妈妈会不会宁愿丢脸呢?

所以,现在她只好乖乖起床,乖乖去学校,乖乖收起来不及念的课本,参加英文考试。

她真的搞不懂,中国人说中国话、写中国字就好了,为什么要学英文?她又不想出国,也不想嫁给外国人,更没机会跟外国人说话,为什么要逼迫她学英文呢?

泥泥越想越生气,脑子里一团乱,好像每个英文字母都在那里跳舞,跳得她头昏眼花,好不容易才熬到老师说:"时间到,不要写了,把考卷往前面传。"

泥泥看到同学们的考卷都写得满满的,只有她的考卷好干净,那几个英文字母就像是独自看家的小孩,好孤单好寂寞。

考完后,同学们兴奋地交换经验。几乎每年都去美国的赖佩珊说:"题目好简单啊!老师简直把我们当白痴。考这种题目,幼儿园的小朋友都会!"

"是啊,我们英语补习班教的都比这个难好几倍呢!"每天放学就去补习班报到的奶油小生王礼涵说。

反正,泥泥全班走一圈,听到的都是"题目好容易"、"几乎都会写"。每个人的脸上都是笑容,仿佛春天提早降临到了他们班。泥泥只好躲到教室外面,到走廊走一走,以远离英文风暴圈。

但不管她怎么躲,还是躲不掉老师公布英文成绩。英文老师对全班说:"大部分同学都很努力,只有少数同学考得不理想,老师希望这些同学找机会去补习补习。如果到老师办的补习班来,老师会给你们打折的。"

泥泥听了很反感:老师又在拉学生、做生意了。她想也没想就立刻举手,说:"老师,我们家没有钱补习。"

英文老师看了她一眼,语带不屑地说:"孟泥泥,没有钱补习,你就只好天天挂车尾,准备长大开清洁车吧。"

赖佩珊故意笑得很夸张,说:"就是嘛! 英文智障就是英文智障。你知不知道? 现在我们住的是地球村,英文就是地球村村民的语言,你快被淘汰了啦!"

平常就跟泥泥针锋相对的赖佩珊,在班里有不少好伙伴,他们也跟着赖佩珊开始嘲笑泥泥。泥泥向来看不惯这群自以为家里有钱就可以随便欺负人的家伙,况且她又不是真的很差劲,至少她的作文从来都拿全班最高分。

于是,泥泥勇气十足地站起来对赖佩珊说:

"你不要骄傲。作为中国人，连作文都写不好，还想做地球人？丢脸都丢到外国去了！"

英文老师挥挥手制止了她们，说："好了，不要吵了！想学好英文的就来找老师。现在考卷发下去，你们自己检讨。多学一种语言总是好的，那样才可以跟外国人竞争嘛。"

泥泥望着考卷上红笔写的"48"，并没觉得有什么。糟糕的是，老师还在考卷上加了几个字："上课不专心，请家长严加督导。"要是回家给妈妈看了，泥泥这回可真的要挨揍了。

泥泥公主
的情人排行榜

　　放学了,同学们一个个走出教室。田芳瑜赶着要去补习班,先走了。赖佩珊和王礼涵那群人纷纷叫嚣着:

　　"走啦,去喝珍珠奶茶,庆祝赖佩珊考 100 分!"

　　赖佩珊回头看到她喜欢的男生坐在位子上没有动,便主动叫他:"袁大乘,一起去啦!我请客。"

　　袁大乘摇了摇头,说:"我不喜欢珍珠奶茶,不去了。"

　　偷偷喜欢赖佩珊的王礼涵说:"他不去,就算了,没必要勉强。"

　　于是,赖佩珊和王礼涵那群人就离开了。教室终于归于宁静。泥泥在没有想出办法面对妈妈前,还不想移动身体。没想到,袁大乘却走了过来,说:"泥泥,你不要在意他们说的话。我觉得他们太过分了。"

泥泥吓了一跳。平常袁大乘都不太理人,尤其不喜欢跟女生说话。他还说女生是一群鸭子转世投胎的,所以才会那么聒噪。如今他为什么会跟她说话?

"他们笑我,我才不在乎呢。我只是怕回家挨我妈妈骂。我不想让妈妈伤心,让她觉得我没有用。而且,我已经没有力气做那么多家事了。"泥泥也不知哪儿来的冲动,跟袁大乘说了她如果考不好就会被罚做家事的秘密。

"那我陪你回家好了。我跟你妈妈说,其实你很用功,只是对英文没兴趣。如果你真的想把英文学好,我可以请我姐姐免费教你,我的英文就是她教的。她说,先要对语言产生兴趣,学起来才不会觉得困难。"

有人陪伴,泥泥觉得勇气倍增。她想,袁大乘一定是上帝出于同情而派给她的天使。

两人一起背起书包,走出教室,穿过校园。袁大乘跟她分享刚开始学英文时的趣事:"我姐说我念英文好像塞满了一嘴的生煎包,大概是我平常太爱吃生煎包了。"

"我也爱吃生煎包,我知道附近有一家很好吃。下次等我考了 100 分,我请你去吃。"泥泥兴奋地提议。

他们经过泡沫红茶店时,赖佩珊看到袁大乘跟泥泥走在一起,气得差点休克。她不顾一切地冲了出来,大喊:"袁大乘,你赶快来喝梅子绿茶! 我已经帮你点好了。"

袁大乘摇摇头,说:"我没有空,我要陪孟泥泥回家。"

泥泥回头冲赖佩珊扮了一个鬼脸。她知道,这下子她跟赖佩珊结下的不是普通的小仇,而是"血海深仇"了。

可是,结交了袁大乘这个朋友,还是让她觉得很快乐。泥泥在临近家门的巷口遇到了妈妈。妈妈皱着眉头问:"怎么现在才回来? 家里很忙,你知不知道?"

"我今天考英文,我……我……"泥泥"我"了半天,还是说不出来。

袁大乘帮她说:"孟妈妈,你不要怪泥泥。她英文没考好,我姐姐会免费帮她补的。"

"什么孟妈妈？我是李妈妈，真不懂事！"妈妈说完，气呼呼地丢下一句"泥泥，赶快给我回家！"就走了。

泥泥充满愧疚地对袁大乘说："对不起，我忘了告诉你，我妈妈嫁给了李叔叔，所以她不是孟妈妈，而是李妈妈。谢谢你陪我回来，反正要挨打挨骂，我都习惯了。泥泥公主我什么苦都不怕！"

袁大乘望着她，说不出话。他很快地握了一下她的手，说了句"我明天早上来接你一起去上学。"便飞快地跑开了。

泥泥呆呆地望着他的背影，觉得好感动喔！她眼睛里潮潮的，好像要下雨了。看来这个世界上还是有好人的——袁大乘就是一个好人。

家里很热闹，穿梭不停的到处都是人。妈妈最近很爱请客，一下子说买彩票中了奖，一下子又说股票大涨，今天不知道又遇上了什么好事。

见弟弟佳龙穿了一件新 T 恤，手上拿着新玩具，跑来跑去，泥泥便抓住弟弟问："阿姨今天为什么请客？"

佳龙晃了晃手中的玩具，说："因为我考了 100 分，妈妈说李家出了一个天才。嘻嘻，我是天才。"

泥泥以前不知道考过多少 100 分,妈妈心情好的时候,会给她三块两块的钱,可大多数时候,连一声赞美都没有,好像她考得好是理所当然的,更不要说为了她请客庆祝了。妈妈真的很偏心!

但泥泥还是很感激弟弟考了 100 分。因为妈妈太高兴了,就忘了处罚英文只考了 48 分的泥泥,只是淡淡地说:"下次再努力。"

洗完澡,坐在桌前,泥泥翻开英文课本,眼前出现了袁大乘亮晶晶的眼睛。他说得很对,先要对英文感兴趣,才会学得好。

如果可以每天跟袁大乘一起学英文,那么她的心情会很好,心情好,学习效果也就会好。不过,赖佩珊的心情大概就不会好了。

但这也不能怪泥泥,她又不是故意抢赖佩珊的心上人,是袁大乘主动找她的。赖佩珊常常嘲笑泥泥说:"你这个泥巴公主,只能配癞蛤蟆。"泥泥的确没想到,比癞蛤蟆要帅得多的袁大乘竟然会喜欢自己!

　　泥泥拿出日记本,翻到了最后一页。那一页上面写着"泥泥公主的情人排行榜",名单上已有了 TENSION、潘伟柏、田逸豪大哥。想了一会儿,她很慎重地把袁大乘加了进去。

　　只不过,排名第一的情人还是空缺。

钞票长翅膀了？

班会时，班主任问全班同学："你们每个月有多少零用钱？"

大家纷纷举手，积极抢答，好像参加有奖征答一样。

结果，零用钱最多的同学是于新蕙。她爸爸在上海做生意，两三个月才回来一趟，所以便帮她在银行开了一个户头，她只要需要钱，就可以用银行卡提取，要用多少就取多少。因此，没有一个同学比得上她。

大多数同学都是每个月一百到两百元之间，只有泥泥没有零用钱。班主任问她原因，泥泥站起来说："我妈妈讲：家里有吃有穿的，为什么还需要零用钱？"

"可是，万一你临时要买东西，或是要打电话，怎么办？"班主任又问。

"我有许多好朋友，他们都会帮助我。"泥泥大声地回答。

泥泥没有说出口的是弟弟佳龙每个月都有两百元零用钱。可是，佳龙却一点也不珍惜爸妈给他的零用钱，打电动、买漫画书、吃冰淇淋，全部花光了。

有一次佳龙还趁李叔叔不在家、妈妈在煮饭的时候，踩着椅子把橱顶的饼干盒拿下来，偷拿盒子里的家用钱。

泥泥刚好经过看到了，就制止他，说："龙龙，你在做什么？快放回去！"

"我拿钱。怎么样，你就不敢吧？"佳龙被逮到，非但不脸红，还理直气壮，"妈妈说的，以后钱都是我的。我为什么不可以拿？你去告我啊，我不怕！"

这明明就是偷窃行为，是不对的。要不然，妈妈为什么把饼干盒放那么高？可是，泥泥知道，告诉妈妈，妈妈非但不会骂佳龙，还会怪她："你这个做姐姐的，为什么不管管你弟弟？他变成小偷，你脸上会有光彩吗？"

所以，泥泥只是叹了口气，摇了摇头，决定假装没看见。

谁知道，妈妈还是发现钱变少了。吃饭时，她问李叔叔："志高，你有没有拿我盒子里的钱？"

李叔叔摇了摇头，说："我拿钱都会跟你说的。"

妈妈又问泥泥和佳龙，两个人都摇头。妈妈说："不对，前两个月我就觉得怪怪的，所以我每天开始记账，单单这个星期，就少了四百多块。难道钞票长翅膀了？泥泥，你说，你每次都吵着要零用钱，是不是你拿的？如果不说实话，我连你弟弟两个一起处罚！"

佳龙怕妈妈发火，自己会遭到池鱼之殃，连忙说："是姐姐拿的，我看到她去你们房间。"

泥泥整个人都呆掉了，嘴里的红烧肉来不及吞下去，差点噎到。没想到，佳龙竟然恶人先告状，明明是他偷的，竟然赖到别人身上。

"才不是我，是……"泥泥说不下去了。如果妈妈知道是佳龙偷的钱，不但会伤心，而且也会左右为难：不处罚的话，佳龙会变本加厉；处罚吧，妈妈又舍不得打弟弟。泥泥想，反正自己常常挨打挨骂，早就习惯了，就替弟弟再背次黑锅吧！

"是什么？你偷钱还有理由？我现在不管你，以后你就去偷银行、偷国库了，那是要被枪毙、砍头的啊！过来！"妈妈用力搁下碗筷，叫泥泥到客厅去。

"你是用哪一只手偷的?"妈妈问。泥泥不说，她不能冤枉自己的手。妈妈更生气了，拿起棍子朝她浑身乱打，一边打一边问："你认不认错？说啊！你为什么偷钱？"

泥泥怎么能说，她是替弟弟背黑锅，又不是真的犯错。泥泥决定要像个英勇的特工那样，宁愿被打死，也不松口招供。妈妈见她紧闭着嘴，打得更凶了。最后还是李叔叔看不过去，过来抢下了棍子。他说："你这样会打死人的！"

"打死算了。这样的小孩，不要算了！我为她吃了那么多苦，她真是天生就是要来气死我的！气死她爸爸还不够，还偷钱……"妈妈喘了一口气，"你给我出去，我不要看到你！你出去！"妈妈说着，用力拉起泥泥，把她推到门外，"砰"的一声关上了门。

泥泥还没有吃饱饭呢！她还有好多功课要写。被关在外面好丢脸的,明天就会全班——不,全校都知道了。

弟弟趴在窗口,跟她扮鬼脸,竟然没有一点感激的意思。可是,她现在即使说破嘴,妈妈也不会相信了。

时间一分一秒地过去,屋里传来韩剧《大长今》的声音。泥泥觉得自己比长今还可怜。

泥泥一步、两步走离家门,想看看有没有人注意到她的存在。没有,什么动静都没有。五步、十步,还是没有开门声。二十步、三十步……她继续往前走。没有人关心她的死活,哪怕她现在被外星人抓走了,也没有人知道。

巷口的便利店灯火辉煌,常常跟泥泥聊天的店员叶子今天没有当班。泥泥低下头,发现地上静静地躺着一张绿色的五十元钞票。她捡了起来,左右张望,却没有看到人,到底是谁掉了钱?

会不会是天使送给她的钞票,要她用这钱想办法逃走?

星星陪她一起流浪

五十元,能做什么呢?

泥泥努力发挥创意。买食物填饱肚子吗?换零钱打电话求救吗?还是,远走高飞,让妈妈眼不见为净?

如果逃得太近,妈妈很快就会找到,一定要远一点。那只有靠……田逸豪——芳瑜的哥哥啰!这张五十元的钞票,完全够买车票到他住的地方了。

上次逸豪大哥开车载她跟芳瑜兜风时,特地带她们参观了他的宿舍。那是好舒服的小套房!当时逸豪大哥就说:"泥泥,哪一天你想跷家,可以躲到我这里。我一定帮你保密。"

泥泥记得,当时芳瑜白了她哥哥一眼:"你

不要乱说话,泥泥真的会跑来的。"

"我开玩笑的,要转那么多趟车,她哪里找得到!"逸豪大哥随口就说了要搭什么车转什么车,真的很复杂。泥泥就凭着这一点记忆,搭了客运,转了火车,又搭了公车,五十块钱最后只剩了八块。

要打电话给逸豪大哥让他来接她吗?万一他不在,她仅剩的八块钱可不够住旅馆啊!泥泥想,都这么晚了,逸豪大哥一定在家的。

她抬起头,见天上有颗闪亮的星星正在冲她眨眼睛,好像在说:"泥泥,放心,我会照亮你的路。不怕不怕,你是公主泥泥,一定会找到证明你清白的水晶球。"

幸好逸豪大哥的阳台栏杆上挂了一面很特别的旗子,泥泥不用担心会认错门。可是,她按了许多次对讲门铃,都没有人应答。在附近她也没有看到逸豪大哥的吉普车,看来他真的出去了。

泥泥尝试着按了别家的对讲门铃,说:"对不起,我是住在五楼的。我忘了带钥匙了。"对方什么都没说,就帮她开了单元门。

泥泥坐在逸豪大哥的门口,希望可以等到他回家。楼梯间很热,又有蚊子,泥泥只好一直抖着脚,嘴里嘀咕着:"太过分了,我晚饭才吃了两口,你们还要欺负我,吸我的血!"说着,她劈劈啪啪地打死了好几只蚊子。

透过小小的楼道窗户望出去,那颗星星还没有离开,泥泥害怕的心情稍稍减低了些。

由于搭了很久的车,有点累了,泥泥克制不住,趴在自己的膝盖上睡着了。

"你是谁家的小孩,怎么睡在这里?"不知过了多久,泥泥正梦见自己在吹着冷气吃芒果冰时,被叫醒了。

她擦了擦嘴角的口水,抬起头,半睁着眼,一时还没搞清楚自己在哪里。面前的逸豪大哥却被吓得大叫起来:"泥泥,是你,你怎么跑来了? 天哪! 我真不该乱说话,你真的来了。赶快进来吧!"

洗了一把脸,泥泥总算清醒了一些。逸豪大哥问她:"到底怎么回事? 你妈妈知不知道你来我这里?"

"我快要饿死了,你有没有泡面给我吃?吃饱了我才有力气说话,因为故事太长了。"泥泥先为自己闹空城许久的胃发言。

填饱肚子后,泥泥详细地说了她的冤屈。逸豪大哥听后,对她说:"你怎么这么傻,为你弟弟背黑锅!你每次都帮他扛,只会害了他,也害了自己。"

"弟弟是妈妈的宝贝,妈妈打他时,她自己哭得比弟弟还伤心。我不要让妈妈伤心,所以,我决定不回去了。我可以帮你煮饭、洗衣服、打扫,你只要给我五十块钱,让我还给那个掉钱的人就行。"

"不行!不行!"逸豪大哥猛力挥手,"我这是男生宿舍,你一个小女生住在这里,我会被你妈妈打死的!我还是打电话给你妈妈吧。"

"不要!你如果打电话,我就再逃走,让所有人都找不到。"泥泥坚定地说,"我把你当作哥哥,你一定要保护我,可不能出卖我。"

"好吧!"逸豪大哥无奈,只得勉强点了点头,"今天也晚了，你先睡觉吧，明天再说。"

逸豪大哥睡在沙发上，把床让给了泥泥。关了灯，屋里黑了，泥泥望着窗外的星星，想念着自己的家。她小声问："小星星啊，流浪到底好不好玩？你为什么流浪了那么久还不回家？"

醒来时，太阳已经取代了那颗星星的位子。泥泥伸了个懒腰，四处走动。逸豪大哥不在屋里，留了一张字条给她，上面写着："泥泥，你先刷牙洗脸，我去买早餐了。"

梳洗干净后，泥泥坐在沙发上，晃着脚，很不习惯。墙壁上的钟告诉她，这个时候她应该正在上学的路上。

"叮当！"门铃响了，泥泥似乎嗅到了汉堡夹蛋的香味。她打开门，突然看到逸豪大哥的身后露出了妈妈的脸。

泥泥吓死了，也气死了，尖叫道："逸豪大哥，你出卖我！我再也不要理你了！"说着就准备冲出门去。

妈妈紧紧地抱住她,说:"泥泥,是阿姨不好,阿姨都知道了,已经罚佳龙一个月不准领零用钱了。你跟阿姨回家吧!"

逸豪大哥也在旁边说:"泥泥,快回去吧。为了找你,李妈妈一个晚上都没睡觉呢。"

泥泥低下头,自责地说:"对不起,阿姨!"她在自己的眼睫毛间仿佛看到了那颗回家的星星在闪啊闪。

我的王子在哪里？

　　泥泥离家出走的消息很快就传开来了。刚到学校，芳瑜就紧张兮兮地拉住她，问："等一下一定会有人问你：昨天为什么离家出走？你什么都不要说。因为今天早上很多人问我这件事，我就说我什么都不知道。"

　　泥泥皱了皱眉。她是真不喜欢这些同学：他们像狗仔队一样，只对八卦有兴趣。不过，她是公主泥泥，才不怕他们的刁难。

　　等她踏进教室，赖佩珊故意大声说："昨天晚上有人不回家，跟男生住在一起，真是本校之耻。"

　　"本公主微服出巡，只不过小小探险一下，有什么好大惊小怪的？怎么，你是嫉妒我，还是羡慕我？不要自己不敢做，就嘲笑别人。无聊！"泥泥一反常态，没有否认，也没有闪避。她想起了逸豪大哥说的话：如果总是做软脚虾，就会被人吃定了。

赖佩珊"我、我、我……"了半天，接不下去了。王礼涵上前帮她解围，指着泥泥说："她本来就是没人要的弃婴，所以只好到处流浪了。"

泥泥抬高下巴，说："流浪也需要本领，换了你，只有活活饿死的份。"

班长过来劝阻，说："好了，不要吵到大家早自习。都去自己的位子坐下。"

泥泥放好书包，袁大乘跟她竖起了大拇指。她挥了挥手，像公主答礼般缓缓坐下。其他同学见了，都忍不住笑了起来。

"那你干脆去流浪，死在外面好了，永远不要回来。"赖佩珊不甘心就此休兵，转过头小声说。

"今天有我最喜欢的作文课，我才不想放弃呢。你害怕，你走啊！"泥泥针锋相对。

上次作文课，老师出了一个题目——"最想实现的梦想"，要大家谈谈小学六年来有什么梦想没有实现的。想当模范生，想考前五名，想参加演讲比赛……都可以写下来。这样，大家就可以利用最后一年，努力实现梦想。

泥泥很好奇同学们都写了什么，更想知道自己是不是又得了全班最高分。

老师发完作文簿，开口说话了："这次大家都进步很多。不管以后升学考不考作文，你们都要记住，中文是全世界最美的文字。全世界现在有八十几个国家流行学中文，你们要加油啰！"

因为老师说过会请这次得最高分的三位同学看电影，所以，大家都拭目以待，想看看这次获奖的是谁。尤其是泥泥，她没有零用钱，只好靠得奖来争取看电影的机会。况且，她唯一能赢大家的只有这一个科目，她绝不能丢脸。

老师望着大家，笑嘻嘻地说："你们都发挥了不错的想象力，有的同学希望攀登全台湾岛的每一座山，有的同学希望发明一种制止骂人的药，有

的希望盖一所给穷人念的学校,有的希望帮助一百个人
……不过,老师只能请三位同学看电影,那就是袁大乘——
他的文笔清新,很多句子别出心裁;还有赖佩珊——她的进
步最大……"

泥泥一听,脸都绿了:怎么会是她的死对头赖佩珊,这
下完了。不要紧张,不要紧张,她拍拍自己的胸脯,还有一
个名额,一定是她啦!

"另一个同学是余桂花——她想要帮助一百个人的心
意十分感人。"老师宣布了最后一个名额。

田芳瑜比泥泥还急,连忙站起来问:"老师,那孟泥泥
呢?"

"孟泥泥? 嗯……"老师迟疑了一下,"她的文笔没问题,
可是主题怪怪的:她最想实现的梦想竟然是找到一个真正喜
欢的人。老师觉得,你们还小,现在还不适合交男女朋友。"

赖佩珊故意转过头去跟袁大乘说:"喂,你还不是孟泥
泥最喜欢的人哟,你一定很失望吧!"

王礼涵也来火上浇油:"她根本就是水性杨花,谁喜欢
她谁倒霉。"

"对嘛！她还真以为她是公主，可以挑选她的白马王子。"李秀华撇撇嘴，也加入了迫害泥泥的阵容。

泥泥不甘示弱，反唇相讥："我是实话实说，不像有些人，每天偷偷摸摸喜欢别人，心里想得要命，却不敢说出来。"

老师眼看要引起战火，连忙制止："好啦！下次辩论比赛就派你们参加。现在老师要宣布这次的题目了，没有得奖的，继续加油。"

写在黑板上的题目是"我的明天比昨天更美"。

有些同学开始抱怨："老师，这个好难写啊！我都看不懂。""老师，再多出一个题目让我们选吧！""老师，女生才爱美，男生可没有美不美的问题。"

老师带着淡淡的笑意说："这没什么难的，动动你们的小脑筋，想一想，也许跟容貌有关，也许跟时空有关，也许跟环境有关……随便怎么写，天马行空地写就好。"

大家翻开作文簿，开始绞脑汁，只有泥泥开心不起来，担心袁大乘误会她。其实，她喜欢他，就像喜欢逸豪大哥、潘伟柏是一样的。只是，他们都无法带给她浪漫偶像剧所渲染的那种感觉。

　　泥泥曾看过一本爱情小说——《玫瑰巧克力》。书中提到爱情降临的征兆是心跳加快、呼吸急促、脸颊泛红、朝思暮想、不想吃饭、睡不着觉。现在的她根本没有出现这些现象嘛。

　　放学时，袁大乘果然看也没看泥泥，就自己一个人走了。田芳瑜戳戳她的背，说："你还不去跟他说？ 不然误会就大了！ 等他倒向赖佩珊，你后悔就来不及了。"

　　"可是，感情不能勉强啊！ 何况，我只是这样想想而已，又不是真的要采取行动！"泥泥嘴上这么说，可是，看着袁大乘落寞的背影，竟然有种想哭的感觉。如果失去他这个朋友，她真的会睡不着。

王子跟我一起吃生煎包

晚上写完作业,泥泥正准备看她喜欢的韩剧《大长今》,老师竟然来她家做家庭访问了。妈妈很紧张,以为泥泥又闯祸了,急忙说:"老师,不好意思,泥泥经常给您找麻烦。"

老师看了看泥泥,欲言又止、妈妈会意,便叫泥泥回房间。

"我不,我要看《大长今》。"泥泥不肯。

"还《大长今》呢,小肠都要抽筋了! 大人讲话,小孩子不要听。"妈妈的眉头皱成了御饭团,这可是暴风雨来临的前兆。泥泥见了,只好嘟着嘴回房。她故意留了个门缝,想要听听老师打她什么小报告。

其实不听她也猜得到，一定是说她写作文的事。老师真的太不上道了，他不知道时代不同了吗？泥泥曾在校园里亲眼看到小四的男生亲女生，小六的女生抱着男生说他是她的哈利·波特，早就见怪不怪了。

果然，老师要妈妈提高警觉："泥泥太早熟了，我怕她偷尝禁果，做了小妈妈。她是个聪明的孩子，将来会有大好的前途。要是由着她去做的话，会毁了她的一生。"

"老师，我知道。我自己就是十五岁谈恋爱，十八岁结婚，所以才会糊里糊涂地嫁给一个短命的男人。我会注意她的。"

见妈妈说得这么坦白，老师很不好意思，连忙解释："我不晓得你是……我没有说早婚不好……"

妈妈话锋一转，化解了老师的尴尬："不过，还是谢谢您亲自跑一趟！至少，我知道泥泥喜欢的是男生，不是女生，这让我放心不少。"

老师走了以后，泥泥走出房间，正想打开电视，妈妈阻止了她："等一等，泥泥。阿姨先问你，是不是有男朋友了？

不要骗阿姨。"

"我就是还没有遇到,才会在作文中许下愿望嘛。"

"那就好。记住,没有结婚以前,不可以让男生在你身上摸来摸去,那样会出事的。"

"那你是不是让爸爸在你身上摸来摸去,才会那么早结婚的?"

妈妈气得举起手作势要打,厉声呵斥:"你这个小坏孩,乱说话! 算了,反正你记住阿姨的话:真正值得托付一生的人必须跟你共同经历苦难以后,你才能确定他就是你的王子。"

经历苦难的意思就是:一起登山失事,一起被困在电梯里,一起食物中毒,一起遇到大地震,一起溺水,一起得SARS,这样才能确定他的爱是真是假。

那么,一起吃她讨厌的苦瓜、胡萝卜,算不算经历苦难呢?

上床以前,她想了想袁大乘,又想了想逸豪大哥,很快就睡着了。梦里,泥泥又来到那奇怪的百货商场了,但是橱窗里模特儿的脸不再是妈妈的,而变成了袁大乘的,他很哀怨地对她说:"我那么喜欢你,你为什么不喜欢我?"

泥泥决定要跟袁大乘把话说清楚,不然她会天天做噩梦的。

第二天,袁大乘没有来上学,老师说他生病了。王礼涵幸灾乐祸地说:"我看他八成是得了相思病。天哪! 为孟泥泥这种人,太不值得了!"

望着袁大乘始终空着的位子,泥泥上课上得心不在焉。她好怕袁大乘就这样病死了,她再也没有机会见到他了,而他会带着遗憾离去,变成一股冤魂,缠着她不散。

好恐怖喔!

放学后,泥泥顾不得晚回家会挨骂,决定去袁大乘家一趟。她特别用自己存了很久的钱买了几个袁大乘爱吃的生煎包。

袁大乘的房间窗帘是拉上的,光线有点暗。他躺在床上,呼吸很急促,脸红红的,好像恋爱了一样,其实是在发烧。

"谢谢你来看我。"袁大乘看见泥泥,眼中闪过了一丝光采。

"你昨天还好好的,怎么突然就生病了?"泥泥搁下生煎包。

袁大乘撑起身子低声说:"那天听你说很喜欢蝌蚪,想要养蝌蚪,我就想去给你抓几只,不承想掉进了池塘里。虽说没有淹死,却着凉了,要打针,还得吃很多药,好苦……"

泥泥感动得眼泪都要掉下来了:袁大乘根本没有责怪她的意思,只想让她高兴。这么好的男生,给她一百万她也不换。她鼓起勇气,说:"我陪你一起吃苦苦的药吧,我要跟你一起经历苦难。"

袁大乘却说:"我们还是一起吃生煎包吧!是在你家附近那家店买的,对不对?"

泥泥高兴地点点头,拿出两只生煎包,递给袁大乘一只,自己轻轻咬了一口另一只。肉汁流了出来,好像一条小溪流过干涸的田地。

泥泥公主落难

袁大乘痊愈后,又回到班上来了。泥泥高兴得整天聒噪不休,好像教室里飞来了上千只麻雀。

王礼涵为了讨好赖佩珊,便走到泥泥的座位旁,大声说:"你们女生就是嘴巴大,袁大乘伤风感冒有什么了不起?我哥上次得 SARS 都没怎么样,那才叫了不起。你不要少见多怪!"

还不等泥泥反击,其他女生就已经被激怒了。于新蕙首先发难:"王礼涵,你很辜负你爸啊——取这么个文质彬彬的名字,说话却一点礼貌也没有。你妈也是女生,你敢说她嘴巴大吗?"

"是啊!"田芳瑜也跟着帮腔,"你敢说班主任嘴巴大吗?你敢说校长嘴巴大吗?"

"好,算我说错话。我爸说,好男不跟女斗。"王礼涵悻悻地坐回了自己的位子。

赖佩珊斜睨了他一眼,哼了一声,说:"人家袁大乘就比你会说话,你就不会学学人家? 既然你说女生不好,那你以后放学不要来找我了。"

这一次泥泥没有开口加入战局,因为她想到了李叔叔和妈妈今天早上的对话。妈妈骂李叔叔赖在家里不去上班,李叔叔回了一句:"你们女人懂什么?"妈妈气得眼泪鼻涕直流,外加拳打脚踢:"枉我跟了你这么久,你有没有良心啊? 说我们女人不懂,你们男人倒是有点骨气啊?"

最近妈妈和李叔叔吵架的次数越来越多,泥泥隐约感觉到家里一定出了什么事,只是大人没说。会不会是李叔叔失业了?

放学回到家,刚进门放下书包,肚子有点饿的泥泥便跑进厨房打开了冰箱,想要看看有没有东西吃。她刚对着一碗卤鸡腿咽了咽口水,妈妈就在她身后大吼:"泥泥,不要整天只知道吃。

这个家都快被你吃倒了！好端端的你李叔叔为什么会失业？'克'死你爸爸还不够,你还要'克'你李叔叔,当初真不该把你留下来！"

泥泥背脊一冷,好像肚子里被灌进了一桶冰块。妈妈心情不好,就会把气出在她身上。她又不是李叔叔的小孩,怎么会对李叔叔不利？但是,她敢怒不敢言,赶紧关上冰箱,撒了个小谎:"没有,我只是想看看有什么菜需要帮忙洗一洗。"

"你少打鸡腿的主意,那是留给佳龙的。你换条裤子,跟我去夜市摆地摊。"妈妈说着,从房间里拎了两个大布包出来。

"可是,我有好多功课。还有,还有……"她不敢说自己想看电视剧。

妈妈眼睛一瞪,好像要把她钉在墙上,气冲冲地说:"家里都快撑不下去了,还念什么书！靠你李叔叔,我们都要饿死了。如果你用力叫卖,早一点把皮包卖完,你就可以早点回来写功课。"

泥泥知道争辩是没有用的。况且,妈妈这么辛苦,她怎么能忍心自己躲在家里享福呢？

　　镇上只有一个市场，白天卖菜卖鱼，晚上卖小吃还有衣服鞋子。这里是台湾南北纵贯公路的必经之处，附近又有一所大学，所以，市场中总是人来人往，非常热闹。

　　妈妈在一家内衣店前租了一个摊位置，要泥泥帮忙把所有皮包都摆出来。泥泥觉得每个皮包都好漂亮。尤其是那个钉满金色的珠子、带着金链子的方包包，带着它参加王子举办的舞会，一定很抢眼。她想得入了神，傻傻地笑了起来，仿佛自己正跟王子翩翩起舞，所有人都用羡慕的眼神望着她呢。

　　"泥泥，动作还不快一点，发什么呆？赶快大声叫卖啊！"

　　泥泥很怕同学经过会看到自己，那多糗啊！"我帮忙收钱就好了。"她低声说。

　　"你数学那么差，把钱算错了怎么办？这里扒手又多，阿姨不放心你收钱。你平常不是很会写作文吗？快想想看，要说什么才可以把包包卖掉。快啊，大声喊啊！"妈妈的脸一垮，好像快要融掉的冰淇淋。

眼见逃不掉这个不可能完成的任务,泥泥只好幻想自己是个落难的公主,被主人虐待,如果不工作,就会被处罚跟蟑螂和老鼠住在一起。为了早日跟国王和王后重逢,她只好搏命演出。

说也奇怪,刚开始泥泥喊得很小声,就像蚊子叫,慢慢地,有人围了过来,她便兴奋起来,越喊越大声,把那些包包介绍得全世界少有、谁错过谁就将遗憾终生。

"大姐姐,你拿这个米黄色的包包去约会,男朋友一定会立刻爱上你。"泥泥对着一个犹豫不决的苗条女生说。

苗条女生的眼睛一亮:"真的吗?我男朋友当兵去了,明天要回来探亲。——我买了!"

突然,有人拍了泥泥一下。她回头一看,吓得心脏都要从嘴巴里跳出来了:来者竟然是赖佩珊跟她妈妈。

"孟泥泥,我妈说你们在卖仿冒皮包,我要去检举你们。"赖佩珊故意说得很大声,想要破坏她们的生意。

"谁说这是仿冒皮包?是别人批发给我阿姨的。你走开,不要在这里捣乱,你走开!"泥泥用力推赖佩珊,想把她

推走,赖佩珊不小心摔了一跤。她妈妈尖声怪叫起来:"你这个野孩子,缺少爸爸妈妈管教!"说着顺手抓起一个包包,朝泥泥乱打一气。旁边的顾客担心惹祸上身,赶紧躲开了。

泥泥回头向妈妈求助:"阿姨……"

想不到,妈妈过来问都不问就甩了她一个巴掌:"要你来帮忙,不是要你来捣乱的,哭什么哭?"

赖佩珊眼见计谋得逞,跟她妈妈悄悄地溜走了。泥泥揉着发烫的脸,含着眼泪委屈地问:"你为什么要卖仿冒皮包,让我在同学面前抬不起头来?"

"我这些皮包又不是偷来抢来的,而是花钱批来的,为什么不能卖? 我不卖,别人也会卖。搞不好你那个同学是嫉妒你。动作快点,把皮包重新摆好,不然你今天晚上就不准吃饭。"

不吃饭就不吃饭,饿死算了! 说不定到时候妈妈还会抱着自己大哭:"泥泥,你不能死,妈妈不能没有你!"不对,是"阿姨不能没有你!"会这样吗? 妈妈比较担心的是佳龙吧? 妈妈可以为佳龙死,而她却要为妈妈死,好像不太公平。

拿起皮包,泥泥有些意兴阑珊,觉得路过的人都在看她,她好像正站在王宫的大厅里接受审问,所有的人都在用手指着她。像打雷一样的声音在她周围响起:"你为什么要冒充公主?说!你为什么要冒充公主?"

天使从天而降

因为到夜市摆地摊很晚才回家,泥泥功课还没写完就睡着了。

第二天,泥泥没有交作业,还忍不住打瞌睡。老师叫了她几次,她还是抵抗不住瞌睡虫的侵袭,干脆趴在桌上睡着了。

老师以为泥泥身体不舒服,把她叫醒,说:"泥泥,你去医务室请护士帮你量一下体温吧,看看是不是生病了。"

泥泥抬起头,揉了揉眼睛,说:"老师,没关系,我可以撑一下,我不想错过语文课。"说着,她忍不住又打了一个大哈欠。

赖佩珊不怀好意地说:"老师,孟泥泥根本没有生病,她是在市场卖仿冒皮包累的。她呀,只想赚黑心钱,根本不想念书。"

李秀华也跟着附和:"对啊!老师最痛恨不环保、不爱护生态、买仿冒品的人。孟泥泥明知故犯,根本就是瞧不起老师嘛!"

同学们开始议论纷纷。爸爸当警察的袁大乘丢了一张纸条给泥泥,上面写道:"是真的吗?"泥泥低下了头。她不能否认,因为这是事实。

"大家专心上课,孟泥泥,下课到老师办公室。"

班里的骚动暂时平息了,赖佩珊撇撇嘴,跟李秀华扮了一个鬼脸。看见袁大乘脸色凝重,她笑得得意极了。

当老师弄明白泥泥因为家庭经济出了问题所以才帮妈妈到市场卖皮包时,叹了一口气,说:"你能够帮妈妈的忙,老师很感动。不过,你还是要找机会劝劝妈妈,如果因为卖仿冒包包被警察抓了,被罚的钱可能比赚的钱都多,要小心喔!而且每天那么晚回家,睡眠不足,你在课堂上也无法集中精神。"

果然,放学的时候,袁大乘没有搭理泥泥,独自走了。他又恢复了他以前独行侠的冷酷表情。

田芳瑜劝泥泥："你应该告诉袁大乘,你又不是故意的,我们小孩子怎么敢反抗大人? 况且,我看报上说,全省各地好多卖仿冒皮包和手表的人,还有人卖盗版的书和 CD,根本就没人管嘛。"

"不必了,他应该瞧不起我。明明知道这样不对,我还帮妈妈卖,这算不算为虎作伥? 要是留下了不良纪录,以后我就没脸来上学了。不行,我要再想别的办法,拒绝做妈妈的帮凶。"泥泥一脸坚决地说。

于是,当妈妈再度命令泥泥跟她去夜市摆地摊时,泥泥就找了借口:"阿姨,我很想帮你,我也知道家里需要钱,可是,我明天要考试,老师说再考不及格,就要留在学校打扫卫生。那样我会更晚回家,更不能帮你的忙了。"

妈妈只好勉强答应泥泥留在家里。泥泥坐在桌前发呆,想找出其他的赚钱办法。她放眼望去,自己的房间里实在没有什么值钱的东西可以变卖。给报纸投稿吧,稿费太少,而且缓不济急,去打零工年龄又不够,怎么办呢?

她决定背着书包去田芳瑜家写功课,顺便请教逸豪大哥。听说他为了节省开支,已经搬回家住了。也许大学生会比较有点子吧。况且,她也好久没看到逸豪大哥了,还真想念他呢!

没想到,逸豪大哥不在家。泥泥对芳瑜哭丧着一张脸,大叫:"完了,我完了啦!"

田妈妈端了一碗爱玉冰给泥泥,问她:"什么事这么紧张啊?"

"李叔叔失业了,泥泥想要帮家里赚钱。"芳瑜帮她解释。她又转而安慰泥泥说:"我哥去'面交'了,很快就会回来。"

"面蕉? 是一种新品种的香蕉吗?"泥泥瞪大了眼。

"不是啦!"芳瑜笑得好大声,"我哥在网络上卖东西,有的用邮寄,有的当面交货,就叫做'面交'。很不错呢! 他现在就靠这个赚零用钱。"

"真的吗? 我看过报上有对一个大姐姐的专访,她一个月可以赚好几万呢! 那我是不是也可以在网络上卖东西?"泥泥不由得兴奋起来,好像自己正走在黑漆漆的路上,眼前突然闪过了一道亮光。

"当然可以,那你要卖什么呢? 如果东西很特别,说不定生意会很好。"

"你可以卖猫头鹰啊!"田逸豪突然出现在泥泥身后,"我记得上次你自己用布做了一个猫头鹰送给小瑜。那个就很适合在网络上卖啊!"

当时是因为芳瑜很喜欢哈利·波特,所以泥泥便亲手用碎布做了一只猫头鹰当作生日礼物送给她。芳瑜喜欢得不得了,说是她收到的生日礼物中最特别的一个。

"可是,我那个猫头鹰已经送给芳瑜了,怎么可以拿来卖呢?"泥泥一时转不过弯来。

"你可以再做啊! 现在网上猫头鹰饰品很受欢迎,你可以试试看。而且,那些零头布又不需要本钱,要的只是创意。我可以义务帮你拍照,放在我的卖场里卖。怎么样,够意思吧?"

"谢谢你,田大哥,你真是一个天使。"泥泥跑过去紧紧地搂住他,她以后要找的王子就是要像逸豪大哥这样会无条件支持她的。

泥泥立刻采取行动。她先到巷口专门修改衣服的廖阿姨家要了些碎头布,然后回家画设计图,剪裁好大小不一的布块,开始动手缝制。因为担心被妈妈发现,她等大家都睡着了以后才爬起来偷偷地做。花了三个晚上,她就完成了一只棕色带灰白点的猫头鹰,交给了逸豪大哥。

每天上学,她第一件事就是急着问芳瑜卖掉没有。晚上睡觉前,她也会打电话问芳瑜有没有人上网看这只猫头鹰。她就好像是个新开店的人,担心没有客人上门。

又过了三天,当泥泥快要从失望陷入绝望时,逸豪大哥打电话告诉她:"恭喜你,泥泥,猫头鹰卖掉了。那个买家问有没有别的颜色的,他还要买。"

泥泥高兴得尖叫起来。正在看电视的李叔叔回过头来骂她:"你疯了?怎么跟你阿姨一样,整天乱吼乱叫的!"

泥泥不理他,捂住话筒小声问:"卖了多少钱?"这比较重要。

"一百一十元。"

天哪！泥泥又要尖叫了,她用力捂住自己的嘴巴,几乎不敢相信自己的耳朵:照这样下去,三天做一个,一个月卖十个,就有一千多元了。妈妈一定会高兴得昏过去,再也不会逼她去卖仿冒皮包了。

　　当她把一百一十元交到妈妈手里时,妈妈瞪大了眼睛:"哪里来的钱? 你偷了谁的钱?"

　　泥泥把请逸豪大哥帮忙上网卖布偶的事说给妈妈听了。最后她说:"我相信,上帝派了天使来帮助我们家了。"

他有一张
忧郁的面孔

自从泥泥发现网络拍卖可以帮家里赚钱后,她就把节假日全部用在了制作手工猫头鹰、猫、狗、兔子等布偶上面了,很少跟同学出去玩。妈妈也被感动得主动减少了她的家事。说是减少,只是不用洗碗,改由失业在家的李叔叔来做,而泥泥还是要洗衣服、拖地,偶尔还要煮饭。

其实,泥泥并不讨厌做家事,她把每一件事都当作一种学习。她做得越多,就懂得越多。这样将来她才不会被人看扁,才能够抬头挺胸。她才不要跟赖佩珊一样,说什么读完大学就找一个有钱的老公结婚生小孩。

这天早上,泥泥正在阳台上晾衣服,突然听到楼下有人叫她:"孟泥泥,你下来一下好不好?"

是袁大乘! 他不是跟家人去台北玩了吗? 他几天前曾问她要不要一起去,泥泥想到一堆家事,还有未完成的手工艺品,只得摇了摇头,虽然她也好想去台北看看据说是全世界最高的 101 大楼。她听人家说站在那大楼的楼顶夏天可以摘到星星,冬天可以摸到雪花。

泥泥用最快的速度晒好衣服,看妈妈不在家,赶紧走下楼,问:"你是不是良心发现了,想帮我一起做布偶?"

袁大乘牵动了一下嘴角,笑了。他递了一本讲布偶制作的书给泥泥,说:"这是我去台北时在书店看到的 DIY 的书,听说在台北很畅销,也许你会有用。"

"谢谢你。"泥泥拿了书,转身要进门。袁大乘叫住她:"泥泥,等一下,我……"

"喂! 袁大乘,跟我说话不要吞吞吐吐的,我是个很干脆的人。"泥泥发现他的表情怪怪的,有点忧郁,仿佛就要考试了却还没有念完书的样子,"你是不是怕被别人听到,那我们去后面的田埂那里说好了。"

坐在田埂旁的大石头上,泥泥望着被风吹得东倒西歪的稻草人,大口呼吸着新鲜空气。袁大乘突然抬起头,没头没脑地很大声地说:"泥泥,你会等我吗? 等我们长大,你做我的新娘好不好?"

"什么? 你说什么?"泥泥摸摸他的额头,"你是不是发烧了? 怎么说这么恶心的话?"

袁大乘站起来,很严肃地说:"泥泥,我不是跟你开玩笑。我妈妈常常跟我说,从小就要为将来的伴侣祷告,老天才会为你预备。我从读幼儿园时就开始祷告,可是都没有碰到一个喜欢的女生,直到认识你。可是,现在,现在……你一定要答应我,你会等我,不管我去哪里,你都会等我。"

泥泥快要吓死了。袁大乘去了一趟台北,变得好奇怪! 这些话应该是到他们念大学或是工作赚钱以后才会说的话。妈妈早就警告过她,不可以太早谈恋爱,也不可以太早结婚,否则就会像妈妈一样,七早八早地就死了丈夫。她如果答应袁大乘，万一被妈妈知道了，她就必死无疑了。

"你……你要去哪里？难道，你生了什么怪病？还是……你要离开这里吗？是不是……你要离开我？"

袁大乘无奈地点了点头，说："爸妈去台北的时候，跟叔叔谈了很多。叔叔一家要移民到美国，我爸要我跟他们一起去。"

天哪，这真是晴天霹雳！泥泥刚刚开始有点喜欢袁大乘，把他的排名移到了"泥泥公主情人排行榜"的第二名，他竟然就要背叛她了！

"不可以，这不可以。你说过，你会陪在我身边，一直保护我。你不可以走掉。你如果走掉，我永远都不要理你，更不会等你……"泥泥想起了从小抛弃她的爸爸，让她受尽欺负，还被人说是她"克"死爸爸。她不要再尝到这种痛苦，她宁愿把他忘记，就像用橡皮擦擦掉一般。

"泥泥，你不要这样好吗？我也是不得已。"

"你如果不想去，你爸爸也不会拿刀逼你去，一定是你自己也想去。我是说真的，如果你去美国，我们从现在开始就不要说话了。这样以后我才不会想念你。"泥泥说完,掉头就跑,一只拖鞋掉在田埂边,她也不想拾起来。她太伤心了,伤心得好像要死掉了。

　　眼前乌云笼罩,袁大乘的声音从后面缥缥缈缈地传来:"我、不、想、去! 我、真、的、不、想、去!"

　　骗人! 骗人! 骗人! 泥泥捂住耳朵,泪水比天空中落下的雨滴还要大,一颗接一颗地滚落到了泥土地里。

舞出自己的
快乐旋律

　　虽然泥泥因为袁大乘要出国读书而心情十分低落,可她还是勉强打起精神去上学,不让别人看出她有心事,甚至对她最要好的朋友芳瑜也没有说。她默默吞咽着被撕扯的痛,就像被一种不知名的虫子叮咬,根本无法找出解决的方法。

　　又要到一年一度的年级歌唱比赛的日子了。这一次,校长为了让大家发挥创意,除了唱歌,还特别批准加入了歌舞、热门舞蹈等项目。

　　听到这个消息,各班忧喜参半。有的班级担心没有时间练习,还是选择最保险的唱歌,有的班级决定上纯舞蹈,只有泥泥所在的班跟五班选择高难度的载歌载舞。

　　没想到班里的男生全部弃权,因为他们认为在大家面前跳舞很丢脸。赵明丰说："你们女生爱现,就让你们现个够!光你们女生现,也免得到时候又说我们男生搞破坏。"

就连赖佩珊的死党王礼涵也不支持她,说:"我唱歌就像鸭子叫;去跳舞,更是只会手脚打结,摔死在台上。求求你放我一马,我来生变马报答你。"

赖佩珊气呼呼地说:"算了,你们男生最现实了,我们女生靠自己。"

因为赖佩珊的姐姐赖佩仪在高中跳热舞得过全省冠军,所以赖佩珊特别请她来指导,大家放学后都去赖佩珊家练习。

决定八位女生的名单时,泥泥想要借此转换心情,不再为袁大乘要离开的事苦恼,便竭力争取加入比赛队伍。

赖佩珊不想让泥泥参加,就说:"我们每次都会练得很晚。你不是要回家做苦工吗?你怎么有空?"

"我会想办法的,你不用担心。"泥泥肯定地说。

"可是,你根本没有跳舞细胞哇!你会害我们得不了名次的。"赖佩珊不松口。

田芳瑜立刻说:"如果泥泥不能参加,我也退出。"

"这怎么行?"于新蕙连忙挽留,"芳瑜跳得那么好,她不参加,我们稳输的啦!"

赖佩珊只好勉强答应泥泥,附加了一句:"如果练习期间你表现不好,我们还是可以随时把你换掉。"

难得的是,泥泥这次忍气吞声,没有在言语上跟赖佩珊起冲突。她十分积极地参加每周两次的练习。虽然这样她做家事的时间就延后了,睡眠也变得更少了,可是她却觉得特别兴奋,好像自己是在准备参加一年一度的城堡歌舞比赛,要去参选最有活力的公主一样。

她们选的歌曲是当时正在流行的《脱掉》,既热情洋溢,又活力充沛。赖佩仪特别帮她们改变了一些动作,以免大家说她们抄袭。每次练习,跳到后来,大家都浑身是汗,真的想要脱掉满是汗臭的衣物了。

每次练完,泥泥就跟芳瑜一路唱着"脱掉、脱掉……"往家走。泥泥有感而发:"如果所有的烦恼,就像脱掉要换洗的衣服一样，很轻松地就可以消除，那该多好。"

芳瑜歪着头看了看泥泥，说："你有心事喔！可以跟我说吗?"

泥泥摇了摇头："没有啦！我多愁善感只是因为冬天快来了。"

泥泥回到家，躺在床上，望着窗外的一颗星星。那星星若隐若现，不仔细看，几乎都无法发觉它的存在，就像现在的泥泥。她长大以后，会变成一颗闪亮的星星吗?

星星虽然没有月亮大，也不像太阳光芒四射，却能够发出自己的光芒。泥泥若能变成星星就已经不知道会有多满足了。

比赛当天上午，大家挂念着下午的歌舞表演，都没有心思上课。数学老师见状，干脆出了一些益智的题目，让大家玩脑筋急转弯，转换一下紧张的心情。

泥泥也是紧张得几度进出厕所。她不是怕自己跳不好，而是担心绰号"扫把星"的自己会出现失误，害了大家，那她跟赖佩珊结的仇怨就会更深了。

午餐根本没人吃得下,大家忙着为彼此化妆,关上教室门做最后一次练习。

下午,比赛开始了。看起来一切顺利:泥泥她们班抽到了八号,其他班级的歌或舞都很平常,而等六年级五班又唱又跳许慧欣的《大风吹》弄得有人在台上跌倒之后,泥泥她们更是觉得胜券在握了。

身着特别搭配的橘色背心加紫色短外套、紫色短裤,外面罩一件橘色短裙,头戴橘色的小帽子,泥泥她们八个女生分成两排定位。赖佩珊和芳瑜都在第一排。赖佩珊因为担心被泥泥抢了风头,所以虽然泥泥跳得很卖力,她还是要她站在后排。

音乐声起,当她们唱着"外套脱掉、脱掉,外套脱掉,上衣脱掉、脱掉,上衣脱掉,面具脱掉、脱掉……"跳起来时,全场都 high 了,跟着打起了拍子。

泥泥从来不曾这样舒畅过,好像把千年的烦恼,把从小受的委屈,把她受不了的欺骗诡诈,统统都脱掉了似的。

因为跳得太兴奋了,跳到一半时,泥泥的帽子就歪了,摇摇欲坠。可是,她顾不得扶正帽子,继续把所有的感情融

入舞蹈中,好像这是一场搏命的演出,要是自己演得不好,就会像《天方夜谭》里的谢拉莎德王妃一样被国王砍头。

表演结束时,全场响起了热烈的掌声。泥泥她们走下台,一个个浑身发热,好像刚跑完马拉松,就要虚脱了。王礼涵走过来,少不了阿谀奉承:"赖佩珊,你真的比大明星还棒,不像孟泥泥,把帽子都跳掉了。"

"什么?"赖佩珊睁大眼睛,"孟泥泥,我早就警告过你,帽子一定要系紧。你看你!如果我们输了,看你怎么补偿大家!"

其他人都没有吭声,就连袁大乘也坐得远远的,没有任何表情。泥泥有些泄气:自己那么卖力,却被大家否定。

站在旁边负责播报上台名单的潘正闵突然说:"我觉得孟泥泥跳得好棒,很投入呢!不像有些人,动作很漂亮,却没有感情。如果你们班得第一,她的功劳最大!"说完,他给了泥泥一个鼓励的笑容,继续去播报下一个演出的班级了。

芳瑜把泥泥拉到一边,小声说:"天哪!泥泥,他是五班的班长,还是市里评出的模范小校长呢!他会赞美你,不简单呀!你不知道又要被多少人嫉妒死了。"

泥泥抹去额头上的汗水,对播报完正走下台来的潘正闵笑了笑,说:"谢谢你的肯定,即使得不到名次,我也会很高兴。"

"哼! 还以为她是小校长夫人呢!"赖佩珊不怀好意地说,"好像只有她一个人会跳舞似的。"

泥泥觉得好累,懒得搭理她,独自坐在台下的角落里,任由心中的失落感一个劲地长大。

宣布得奖名单时,果然是泥泥她们班得奖。评审老师特别说:"她们的舞蹈很有创意,歌声清脆和谐。跳舞的同学虽然出了点小状况,帽子差点掉下来了,可是,却依然专注在表演中,值得大家学习。所以,所有老师一致决定给她们第一名。"

泥泥的眼泪流了下来:至少,她没有成为赖佩珊所说的"扫把星"。她悄悄地寻找袁大乘的眼神,袁大乘却已淹没在鱼贯走出礼堂的人群中了。

放学路上,芳瑜追上来,递给泥泥一封信:"袁大乘要我交给你的。怎么了,你们吵架啦?"

泥泥抿紧嘴唇,接过信,说:"谢谢你,我想一个人走一走。"

泥泥回到家,坐在田埂边的那块大石头上,打开了信。袁大乘只写了短短的几句话:"虽然你不理我,可是,我的祝福不会少。虽然你不能谅解我,我还是希望能做你永远的朋友,无论输赢,都站在你这一边。"

她抬起头,看见一只白鹭鸶飞过。它要到哪儿去过冬呢?如果泥泥觉得寒冷时,谁又能给她温暖呢?泥泥揉了揉潮湿的眼睛。原来,台下那么多双赞许的眼神中,也有袁大乘的。她要原谅他吗?她要跟他说话吗?

她喜欢望着窗外

早自习的时候,有人在偷吃早餐,有人继续睡还没有醒的觉,有人在偷偷地发短信,也有人在背书。

泥泥把语文课本翻到《老忠实喷泉》这一课,眼睛却望着窗外,整个人都在发呆。

世界上真的有这么忠实的人吗——不管遇到什么困难,都不会离开我们? 她曾经看过一篇新闻报道,说因为地壳变动,老忠实已经不再每隔六十分钟喷一次泉水,也就是说它早就不忠实了。这是不是代表世事多变化呢?

她用眼角瞄向袁大乘的座位的方向,没想到他刚好也望过来。泥泥的脸顿时感觉好像电锅的蒸汽喷了上来,烫烫的。她迅即收回眼神,希望没有被他发现。

她已经决定了：这一次错在袁大乘，是他背叛好朋友，想要跑到美国去，所以，她绝对不先跟他说话。

她要从现在开始就忘了这一切。她可以再结交新的朋友。否则把一个人放在心里，一直牵挂，却又见不到，那会非常非常难受的。

第一节课的铃声响了，大家纷纷冲进教室，坐在位子上。班主任带了一个女生进来。她皮肤白白的，眼睛大大的，头发编成了两根辫子，上身穿着一件有点褪色的苹果绿上衣，下身是一件黑色的裙子，脸上充满了疑惑的表情。站在讲台上，她用黑亮的眸子很快地扫过大家。

泥泥举手问："老师，她是不是转学生？"

班主任点点头，说："我给大家介绍一下：这位同学叫谢佑莉，她家原来住在澎湖，因为搬家到本市，所以转来我们学校。老师希望你们能友善地对待新同学，多帮助她。我看，就让她坐在袁大乘旁边。这样，应该就没有人会欺负她了吧！"

班主任太了解班上的同学了：谁都比不上袁大乘那么

有威望,因为他各方面表现都不错,男生尊敬他;他也不喜欢八卦,又不欺负女生,女生也仰慕他。老师这么安排,谢佑莉一定会得到最好的照顾。

可是,泥泥的心却像受到了一群蚊子攻击,又痒又痛,上课都无法专心了。当她跟芳瑜这么说时,芳瑜还笑她:"蚊子怎么可能飞到人的心里面,你形容得太夸张了!"

泥泥在想,会不会因此延长她跟袁大乘和好的时间呢?

还是,这是老天安排的,让泥泥加强决心忘了袁大乘?也好,这样更能考验袁大乘是不是真的喜欢她。

自然而然地,泥泥开始注意谢佑莉的一举一动。她意外地发现,谢佑莉上课时也很喜欢望着窗外。这是泥泥的专利啊!为什么谢佑莉也喜欢这样?难道她也没有爸爸,或是妈妈吗?

刚开始泥泥还觉得谢佑莉很可怜,不应该嫉妒她,不承想没过多久就发生了一件让她的火冒得比101大楼还要高的事。

数学课上,谢佑莉不专心听讲,所以,老师教几率的时候,她根本没听进去。下课后,袁大乘问她:"有没有问题?"她睁着一双大眼睛,摇摇头:"我去夜市射飞镖,每次都会射中5,为什么说1、2、3、4、5、6都可能被射中?"

袁大乘便很有耐心地为她讲解。谢佑莉用手撑着头,好像听懂了,又好像没有听懂。

几个男生围过去,七嘴八舌地提议:"哎呀,我们来教谢佑莉啦!""数学最高分在这里,看过来,看过来,我叫苏百正,我保证教你教到会。"

袁大乘回头冷冷地望了一眼,这些聒噪的男生知趣地走开了。但过了一会儿,他们又开始商讨起来:"我先上,一定会成功!""我先啦! 如果我失败再换你。"

泥泥很好奇他们在讨论什么事情。不等她打听,担心自己地位动摇的赖佩珊先找出了答案,气呼呼地说:"就只会张大两只眼睛,做出一幅很纯洁的样子,根本就是在钓男生嘛! 别以为我不知道她的企图。"

午休时,泥泥挂念着下午要考的英文,偏偏脑袋里塞满了袁大乘跟谢佑莉的对话。她拍打着太阳穴,告诉自己:

"成绩重要,我不能分心。这次再考不好,就要准备挨揍或是洗更多的衣服啰!"

她经过骑楼,便想到洗手台用冷水洗一把脸,以为这样也许可以把自己焦躁的心变平静。

无意间,泥泥在楼梯转角看到苏百正逼问谢佑莉:"不是我们喜欢骚扰你,而是因为你始终都不肯说,大家只好不断尝试,希望找出答案。"

到底他们想知道什么?泥泥躲在柱子后面,屏住了呼吸。

谢佑莉拼命摇头,说:"你们不要逼我,我不知道,我不知道。"

"是不是袁大乘?"苏百正又问。

"我谁都不喜欢。你让我走,我要回教室了。"谢佑莉一幅要哭的样子。

听到这里,泥泥心中的石头少了好几颗,忍不住又要管闲事了。她仿佛侠女一般猛地冲到苏百正面前,义正词严地说:"苏百正,还不去念书?就只会欺负新同学,小心我告诉老师。"

苏百正撇撇嘴,说:"你都自身难保了,还来多管闲事!小心袁大乘被抢走,英文又考全班最末。"

谢佑莉趁这个机会闪身走了,也没有对泥泥说谢谢。泥泥皱了皱眉头,心想,她真不懂礼貌。

接下来的日子,那几个男生还是不断找机会问谢佑莉:"你到底喜欢哪个男生?"

那以后,上课的时候,谢佑莉看窗外的次数越来越多了。而且,好像眼角还闪着泪光。

难道是泥泥眼花了吗?

放学时,泥泥找了个借口不跟田芳瑜一起走,悄悄地跟踪谢佑莉,想要解开心中的谜团。

过了桥,谢佑莉往一大片玉米田的方向走去。泥泥快步追了上去,嘴里喊着:"谢佑莉,谢佑莉,你等等我!"

谢佑莉转过头,张大眼睛,眼中充满了疑问。

泥泥喘着气说:"我觉得你这样下去不是办法,那几个男生会一直纠缠你。你干脆随便说一个你喜欢的男生,让他们死心不就得了。"

谢佑莉摇摇头,说:"我不能说谎。我根本不在乎有没有男生喜欢我,只希望跟大家做好朋友,度过快乐的小六时光。"说着,她的眼眶就镶了红边。

泥泥好奇地问:"怎么,你不快乐吗?"

谢佑莉勉强笑了一下。那笑容真是好忧郁啊,就好像她是明天要嫁给魔王的公主。

可以跟他看电影吗？

　　一天、两天，一周、两周……时光飞快地溜过去了，男生们对谢佑莉的新鲜感渐渐淡了，围在她身边的人也就少了。只有袁大乘仍然耐心地教她功课。她的成绩慢慢进步，泥泥的英文却考得越来越糟。

　　泥泥和袁大乘回复到了起初的关系，没有任何交集，谁都不愿意先开口。泥泥时常听到谢佑莉的笑声从后面传过来，便会不由自主地想：难怪妈妈常常说男生的心都是变得很快的。

　　昨天她送刚做好的动物布偶给逸豪大哥，托他上网卖时，特意问过他意见。当时逸豪大哥笑得好大声，灯罩上面的灰尘都飞了起来。

　　"你们这么小，根本就是在办家家酒。游戏结束了，就什么关系也没有了。泥泥啊！少呆了，你以为这个世界上还会有青梅竹马这种事吗？大概只有在历史书里面才找得到呢！"逸豪大哥说，"你看你，脸上都没有笑容了。不管别人对你怎么样，你永远要记得，做好你自己，不要受到别人的影响才好。"

所以，泥泥不再对袁大乘抱希望了，决定专心读书，否则她会失去得更多。——逸豪大哥就是这个意思吧。

于是，她加倍用功，边走路边背英文单词，希望拿到全班最高分，把袁大乘比下去——至少也要比谢佑莉考得好。

因为背单词背得太专心，星期三中午放学时，泥泥下楼梯时才走了两阶，便不小心踩空了，整个人跪了下去。走在她前面的同学被撞倒了，尖叫着，回头骂了她几句。那些男生们都好像在看好戏，袖手旁观，竟然没有一个人愿意来帮她的忙。

泥泥狼狈不堪地拾起书包和散落的课本，眼前突然出现了一只男生的手，帮她捡起飞出去的笔,然后,又把她扶了起来。

泥泥撑着他的臂膀,以为是袁大乘,眼睛刚泛出泪光,迎上她的却是六年级五班的班长潘正闵,他的一对浓眉就好像春天的毛毛虫,倒挂着。她忍不住扑哧一声笑了。

"你笑什么? 不痛吗?"潘正闵被她搞糊涂了。

背好书包,拍拍身上的灰尘,泥泥挺直身体,说:"谢谢你! 我的膝盖很痛,可是,我的心里很高兴:这个世界上还是有好人的。"

"我陪你走一段吧。看你一瘸一拐的,不要装勇敢啦,那不像你孟泥泥的个性。"潘正闵也笑了。

几个女生经过他们身边,故意说得很夸张:"哼! 我看她根本是故意摔倒的,是想要引起潘正闵的注意嘛。"

泥泥背后又没长眼睛,怎么看得到潘正闵? 况且,虽然潘正闵在学校比较红,可是泥泥还是宁愿扶起她的是袁大乘。

走了不到一百米,他们就不知道已被多少男生指指点点,被多少女生窃窃私语过了。奇怪啦! 她孟泥泥也不差,为什么就没有资格跟潘正闵走在一起? 真的是只有人才会分别高低,树啊、鸟啊的才不管她是谁,每天都绿给她看,唱歌给她听。

"我到现在还记得你上次跳舞时的样子,你真的很特别。这个星期六,我请你看电影好不好？我都找不到同伴看电影！约女生,她们以为我要追她们；男生嘛,又没有人喜欢看我喜欢的电影。"

听潘正闵的口气,好像他虽然在学校很出风头,却很寂寞。泥泥当时就想,还是做个平凡人比较好吧！

有人请客,当然好,而且,看样子,潘正闵也不是要追她,应该没有关系吧？泥泥正要点头答应,袁大乘从他们旁边走过,故意撞了泥泥一下,害她差点又要跌倒。她气得故意用很大的声音说:"好,我跟你一起去看电影！"这当然是说给袁大乘听的。

晚上摊开日记,泥泥记录着下午下楼梯摔跤的事,还有袁大乘经过自己身边时流露出的悲伤的眼神。她的眼泪把枕头都弄湿了。会不会哭得太厉害,泪流成河,枕头就漂了起来,然后,就会发生泥石流？如果发生泥石流,谁会来救她呢？

她侧靠在枕头上,看铁窗外的月亮被分隔成好几块。她恍惚中似乎看到了嫦娥那多情的眼神。

这样也好！她慢慢忘记,袁大乘也不再想念,就可以没有牵挂地去美国。说不定,他正在偷笑:他的心里已经没有她了,她却还在傻傻地为他流眼泪。

如同妈妈说的,爸爸已经去世好久好久了,妈妈还常常为爸爸哭泣,可是爸爸都已经根本没有感觉了,妈妈哭死了,爸爸也不知道。所以,后来妈妈认识了李叔叔,就让李叔叔照顾她了。

泥泥不要再想了,她要睡觉了。明天要考英文,她还想要考100分呢。

结果,泥泥的英文考了98分,破纪录了呢！她正高兴地以为自己是全班最高分时,老师宣布了分数:第一名又是袁大乘,100分。可见他一点也不伤心,还有心情念书呢！

泥泥越想越气,更加坚定了去赴潘正闵的邀约的心。

星期五的晚上,她很努力地把家里所有的衣服洗干净、晾晒上,接着又洗厕所、拖地。忙到半夜一点多,泥泥才洗了澡上床睡觉。

明天要看的电影是《蝴蝶》,一部法国电影,音乐很感人。潘正闵说:"你一定会喜欢。不过,最好多准备几包面纸,听说很多人看了都掉眼泪呢!"

蝴蝶?在潘正闵心中,她是一只什么样的蝴蝶?她觉得自己只是一只小粉蝶,那种在许多菜园都看得到的很平凡的蝴蝶,可是,她却很开心。即使没有人注意她,她也无所谓。谁说公主就一定要像雪一样白呢?

星期六早上八点多,泥泥就醒了。她换上唯一还穿得出门的鹅黄上衣和绿色的裙子,照了半天镜子,就是不满意。为什么跟袁大乘出去逛街,她都是随便穿,从不会这么紧张呢?

离电影院还有一百多米,泥泥的凉鞋带子突然断了。都是妈妈,为了省钱,每次都买地摊货,质量那么差,穿不了几天就坏了,结果花的钱更多。

怎么办呢?电影开演的时间快到了。

"要不要我帮你回家拿一双鞋子？"袁大乘从她身后冒了出来。

好小子,他一直在跟踪她吗？——他还是关心她的。

泥泥回过头来,脱口而出："好啊,你快去拿啊,不然潘正闵要等得急死了。"

"好,我去拿。可是,你要答应我,不去电影院看《蝴蝶》,我们去田里看鹭鸶,好不好？"袁大乘说得好快,好像生怕说慢了,就没有勇气再说下去。

泥泥也不想再装腔作势了,立刻接过话头说："走,看鹭鸶去,不穿鞋子也没关系。"

泥泥好久没有笑得这么开心了。不管袁大乘去了美国是不是还记得她,都没有关系。这段时间,她要好好珍惜,即使只留下一段美丽的回忆,也好。

她用公用电话拨通了潘正闵的手机,慢慢地说,她的鞋带断了,所以,她不能去看电影了。

她相信,《蝴蝶》一定很好看,但是,鹭鸶更好看。

他长了一对翅膀

　　过了没多久快乐的日子,袁大乘去美国读书还是成了定局,而且搭飞机离开台湾的时间也已定下了。

　　只剩两个星期的时间相处了。班上的同学决定办一个欢送会,邀泥泥一起策划,泥泥摇摇头拒绝了:

　　"这是一件伤心的事,我比较喜欢办同乐会。"

　　同学们好像很希望袁大乘离开似的,班里没有一点忧愁的气氛。就连暗恋袁大乘很久的赖佩珊似乎也无动于衷,没有采取任何告白行动。从袁大乘那里受益最多的谢佑莉也只是对他说:"谢谢你教我功课,让我可以赶上进度。"

　　好像袁大乘很快就会变成空气,什么也不

会留下。是现在的人真的都这么现实，还是泥泥太放不下？

放学时，田芳瑜每次都是找借口跟别人回家，好心地把时间留给泥泥和袁大乘。泥泥看着走远的芳瑜的背影，忍不住说："这时候才知道谁是你真正的朋友。"

袁大乘问："你说谁？"

泥泥摇摇头，眼泪也跟着飞了起来，难过地说："我不知道自己以后要怎么活下去，我一定会死掉。"

袁大乘歪着脑袋扮鬼脸，说："听说美国放学以后不像我们这里，根本没有什么娱乐，我正好可以天天写 e – mail 给你。"

他们走到田埂边，坐在大石头上，望着远处的山丘。有一只落单的鹭鸶正在那里徘徊。泥泥说："我不知道要怎么形容心里的感觉。隔着太平洋，好像很远，可是，坐飞机也不过十几个小时就到了，又似乎很近。电脑上的字都冷冰冰的，何况我还要到芳瑜家才能用电脑。所以，你写信给我好不好？我喜欢接到信，想象你写信的样子，你抓头的样子，你喜欢眯起眼睛看人的样子，就好像你还在这里。"

"泥泥，你不要这么伤感，这都不像你了，我喜欢记得你高兴的样子。"袁大乘站起身来，踢着小石子，想尽办法逗泥泥开心。

泥泥两手一摊，无奈地说："你不能怪我啊！我看过的小说和电视剧里面，都是说男女主角分开以后就是生离死别，再也见不到彼此了。我也不喜欢悲剧啊！还不都是你害的，你还怪我。"

"可是，即使现在没有分开，谁能保证我们永远都在一起呢？男生要当兵，要发展事业……"

是这样吗？不要相信任何誓言，也不要像新闻报道的那位美女主播一样笨，因为情人背叛她就跳楼自杀吗？

泥泥要把这个问题想清楚。在没有找出答案之前，她决定每天放学都一个人回家。

直到袁大乘搭飞机走的那一天，泥泥还是想不出所以然来。她是要从现在起就忘记他，还是藕断丝连，顺其自然发展，不要伤这么多脑筋？

星期六的中午，谢佑莉打电话给泥泥说："泥泥,我们大家在校门外的泡沫红茶店。袁大乘马上要去机场了,你要不要来?他一直在问你呢!"

"我要是去了一定会哭的。我不想去了,你就说我头痛、肚子痛、脚痛、手痛、全身都痛好了。"

泥泥望着墙壁上的钟,计算着袁大乘到机场的时间,觉得自己就要疯了。从小到大,无论什么烦恼,她都会想出办法解决,然后很快忘掉,所以她每天都过得快快乐乐的。这次怎么这么复杂?

泥泥慢慢地晃到了芳瑜家。芳瑜刚刚回到家,她抓着泥泥质问:"你这样太过分了!袁大乘对你那么好,你怎么连最后一面也不见?"

"什么最后一面?他又不是要死掉了,你不要说得那么不吉利。"泥泥忍不住哭了起来,"我是不希望他走啊!他好过分,我也要让他知道我的伤心和痛苦。"

"天哪!你以为你在演偶像剧啊——要到最后一刻才冲到机场?来不及了,人家袁大乘也是等到最后他爸妈一直催他才走的。"

泥泥猛然抬起头来:"芳瑜,你真不愧是我的好朋友,你把我敲醒了。逸豪大哥在不在家?"

"要他送你去机场演完这出戏是不是? 我就知道你会这样,我早就拜托我哥在家待命了。"

泥泥抱住芳瑜,感激地说:"你真是我拿命换来的好朋友。我回家拿一样东西,拜托你跟你哥说在我家巷口碰面。"

逸豪大哥的开车技术一流,泥泥紧张得不停地说:"你不要超速哦! 我可交不起罚单……逸豪大哥,谢谢你,我会想办法报答你。我现在还不想嫁给你,怕你到时候太老了……这样吧,我把工作以后赚到的第一个月的薪水给你,好不好?"

"泥泥,拜托你,让我专心开车,我会顺利地把你送到机场的。你也不用报答我,若干年后,如果你们两个真的结婚了,记得请我当介绍人就好。"

泥泥的脸都红了,像天边的晚霞一样。她从来没有想过这么远,只是觉得袁大乘是少数关心她、理解她的人。要知道,他在她的情人排行榜上还只是排名第二,第一名依旧空缺呢! 为什么大人总是喜欢过分紧张呢？看到他们彼此喜欢，就以为他们要结婚，简直是想象力三级跳嘛！

到了出境大厅，泥泥以最快的速度找到了中华航空公司的柜台。她问柜台小姐有关袁大乘那班飞机的事，人家告诉她："这班飞机已经开始登机了。"

登机的意思就是飞机马上要起飞了吗？袁大乘已经上飞机了吗？泥泥急得不知如何是好。停好车子的逸豪大哥刚好赶过来，听明白了泥泥所说之后，忙拉起她的手，说："走，快，我带你上去。"

登上二楼，泥泥一眼就看到袁大乘背着红色的背包正往海关的检查柜台走去。她急得用尽所有的力气大叫："袁大乘，等一下。"也不管是不是会引起所有人的注目。

袁大乘回过头来，看到泥泥，那冬天一般萧瑟的脸立刻就到了春天。他猛地转身往回跑，一口气跑到泥泥跟前，激动地说："泥泥，我以为你不来了。"

袁大乘的妈妈在里面叫："大乘，快点进来，要来不及了。"

"我一直到现在才练习好不流眼泪。知道吗？我要用

最快乐的笑容送你上飞机。"泥泥从纸袋里拿出她早就做好的一对布偶，把女生布偶送给他，"这个布偶叫做泥泥，像不像我？你看到它，就好像看到我一样。这个男生布偶叫大乘，留给我自己。希望有一天他们两个会碰面。"

袁大乘把泥泥布偶抱在怀里，说："泥泥，你要加油！如果你英文有问题，还是可以问我姐姐的。"

"你放心，我以后英文一定跟你一样棒。Bye－bye！"泥泥特意用英文说再见。她忍住泪水，虽有点害羞，还是鼓起勇气上前抱住了袁大乘，低声说："谢谢你在班上给我最大的支持。"然后，她看到袁大乘的眼角滑下了一滴眼泪。

袁大乘过了海关，往登机大厅走去，不一会儿身影便消失不见了。逸豪大哥拍拍泥泥的头，说："这比偶像剧感人多了。泥泥，你表现得很好。真的。"

泥泥调皮地笑了笑，说："谢谢你，逸豪大哥。我以后要专心读书了，不会再胡思乱想了！"

找回失去的笑容

泥泥不断鼓励自己,要自己振作起来。以前没有跟袁大乘做好朋友时,她每天也是这样生活的,为什么少了一个朋友,她就好像到了世界末日了呢？她还有别的朋友啊,而且当然还可以结交新的朋友了。

虽然心里明白,但每次上课,老师问问题等人回答时,泥泥都会不经意地向左后方微微偏头,下意识地在等袁大乘举手回答。看到他的位子是空的,她的心海就好像被倒进了一桶大头针,到处乱痛。怕被同学发现,会嘲笑自己,她又只好收敛起自己的思念。

为了转移悲伤的情绪,泥泥决定在班上筹划一场"成语比赛",利用班会时举行。她兴奋地去找班主任商量。

老师说:"我最近很忙,可能没有时间参与这项活动。"

"没有关系,老师,我已经计划好了。只要老师同意,我会负责跟全班同学公布的。"泥泥不是轻言放弃的人。

"那为什么要办成语比赛,而不是其他的活动?"

"因为,我看到报纸上发表有许多老师的投书,说现在的学生语文程度偏低。老师上课时也说过,现在全世界有八十几个国家都在流行学中文,我们身为中国人更要加油。如果大家把成语练好了,中文自然就会进步了。"

班主任赞许地点点头,说:"好,既然你有这样的心志,老师就尽量抽空帮助你。"她顿了一顿,转了话题:"袁大乘有没有消息? 他在美国还好吗?"

泥泥红着脸说:"他写过一封信来,请我代为问候老师和同学。他很好,我也很好。"

班主任笑了笑,似乎听懂了她的回答,鼓励她说:"你要加油哦! 希望你毕业的时候能有好的表现。"

泥泥找了几个同学一起开会,讨论了成语比赛的方式。经过班主任同意,泥泥最后决定分三个项目进行比赛:成语接龙、成语比手画脚、成语戏剧表演。六个人一组，全班同学自由组队参加。

　　成语接龙比的是大家平常对成语的了解程度，等于是测试大家的实力，根本无法临时恶补。

　　成语比手画脚则是比大家的临场反应能力。为了公平起见，由老师挑选五十个成语，各组选派代表在限定的时间内把成语通过肢体语言表现出来，尽量帮助组员猜出正确答案。

　　至于成语戏剧表演，参赛各组要事先挑一个成语演练，到比赛时用三分钟的时间把这个成语用戏剧的方式演出来，可以是喜剧或悲剧，也可以是搞笑剧。

　　为了鼓励大家，班主任还特别提供了丰厚的奖品。

　　全班一共分了六组。新转学来的谢佑莉主动提出加入泥泥和田芳瑜这一组。赖佩珊嘲笑泥泥说："孟泥泥，别以为你捡到了一块宝，乡下来的土蛋会有什么成语实力？"

泥泥一点也没有被她吓到,反驳道:"我们这只是友谊比赛,输赢有那么重要吗？况且,我直觉谢佑莉很厉害,她说不定是一匹黑马呢!"

到了比赛那天,大家一个个摩拳擦掌,都想有出人意料的表现。

首先进行的是成语接龙。六组同学排成六列,由第一组的第一位同学开始,六组轮流接龙,哪一组无法立刻接下去,就被淘汰出局。虽然赖佩珊和王礼涵那一组故意出一些刁难艰深的成语,但是却难不倒泥泥这一组,最后泥泥她们赢了这一关。

轮到比手画脚时,不少人临阵怯场,不敢出来代表自己这一组。泥泥这组原先定的是刘美英,可事到临头她说什么也不肯上台了。泥泥很会猜,也很会表现,可是,她总不能把自己分成两半,一半在台上,一半在台下,一时间不由得犯了难。这时,谢佑莉突然说:"我来表现好了!"

"你?"田芳瑜露出不可置信的表情。她在怀疑,谢佑莉平常寡言少语的,她会以肢体语言表现成语?

时间紧迫,泥泥也只好点头。可怎么也没料到,谢佑莉竟然是冷面笑匠式的人物,她的表现既传神又简明扼要,很容易就可以让泥泥她们猜出答案。虽然最后这个项目是于新蕙那一组赢了,泥泥她们还是很高兴。

因为时间关系,第三项来不及完成了。班主任老师于是宣布:"我很高兴同学们这么热情投入,就让我们把这项压轴的戏剧表演留到下一次吧。"

大概是同学们的笑声太大了,下课时,隔壁的几个班纷纷跑来探问情报。潘正闵想要去找年级主任问问,路上遇到泥泥,便拦住她问:"你们班在做什么? 是不是你又想出了什么新花样?"

泥泥很兴奋地跟他分享精彩的成语比赛。潘正闵不停地点头,说:"我觉得这个点子真的很棒,可以激励大家多学成语。我也要建议在我们班上举行。孟泥泥,你真的很厉害! 我以后要跟你多学习。"

"谢谢你,我很高兴你这样称赞我。"

泥泥也不过就跟潘正闵说了这么几句话,输

了比赛的赖佩珊就在口舌上不放过她,故意冷嘲热讽:"拜托,现在怎么会有海枯石烂也不会变心的人? 早就绝种了。袁大乘还真相信孟泥泥只喜欢他一个人,你们看她跟潘正闵说话的样子,好像他们是一对情人似的,恶心死了!"

泥泥虽然不想理她,可也不想让她太嚣张,便竭力压下怒气,大声说:"你的意思是说,袁大乘去美国了,我就不可以跟别的男生说话了? 我喜欢跟全世界的男生做朋友,不行吗?"

泥泥决定要找回失去的笑容。她想,把对袁大乘的思念就放在心底的音乐盒里吧,等独处的时候,星光满天的时候,再让相思曲慢慢响起。

我想参加毕业旅行

从出生以来,泥泥就住在这个小镇上。这是一个位于城市与乡村之间的小镇。听妈妈说,她小时候在台中住过一阵子,直到爸爸去世一年以后,妈妈才带她离开了台中。可是,泥泥那时太小,对这些都没有记忆。

因此,泥泥十分向往家乡以外的世界。袁大乘在的时候,曾经邀她一起去台北,逛晶华城,去华纳威秀看电影,到101大厦欣赏台北市景,可是,妈妈不答应,而她当时也还不敢离家太远。

唯一的一次出走之后,泥泥就被妈妈下了禁足令。妈妈说:"如果你再随便跑出去,就永远不要回来了。"

虽然泥泥现在还只能叫妈妈"阿姨",可是她真的不希望再伤妈妈的心,否则可能就真的永远都没有机会叫"妈妈"了。

因此,当老师宣布要组织同学们去毕业旅行时,泥泥兴奋得不得了——这是集体活动,妈妈没有理由否决吧?

下课后,她不停地跟芳瑜说:"我的心跳得好快,想到可以坐在全亚洲最大的摩天轮上看星星,我简直会几天几夜睡不着觉。说不定我看的星星跟袁大乘看的星星是同一颗呢!"

赖佩珊在一旁听到了泥泥的话,大声说:"拜托,像轮胎一样小的摩天轮有什么好坐的? 我坐过比那个大几倍的呢! 还要去什么木栅动物园、阳明山,我都去腻了。老师应该让大家去日本北海道滑雪的。"

爸爸在上海工作、常常去上海的于新蕙也说:"我也觉得学校很没创意,台湾岛这么小,有什么好看的? 应该去北京看万里长城、紫禁城……想象自己是秦始皇,是慈禧太后……"

王礼涵从不放过讨好赖佩珊的机会,这时也来附和:"我赞成远离家园,去看看外面的世界,要不然咱们就会变得目光如豆。"

"台湾岛都还没有走遍，就想出去！还嫌台湾不好！我看你们根本就不爱台湾，你们干脆出去就不要回来好了。"田芳瑜气不过他们家里有一点钱就如此嚣张。

泥泥却没有生气。她正在心里悄悄地计划着——刚才老师交给她一个重要任务，要她跟六年级五班的班长潘正闵一起负责筹划团体游戏，希望在毕业旅行这几天能以此带给大家欢乐的气氛。

泥泥知道，如果自己把这项秘密任务说出来，赖佩珊大概会立刻昏倒，然后清醒过来就立刻去找老师抗议。她不想在这个时候刺激赖佩珊，免得节外生枝。

临放学时，泥泥约潘正闵在放学回家的路上一起讨论。

潘正闵在校门旁的榕树底下见到泥泥后，笑得很开心，脸上泛着红红的光，好像刚刚跑完一百米。

"孟泥泥，我觉得你的脑筋很灵活，你设计的益智游戏都很有创意！而我比较喜欢运动，我来负责筹划需要体能的游戏，好不好？"

"好啊！我们先各自想几个，再碰头讨论，看看如何排顺序，穿插进行。然后，我们再找同学来演习一下，看看好不好玩,会不会太难或太容易。"

　　说到玩,泥泥比谁都开心。天天坐在教室里上课,人都要发霉了。如果上课也可以这样设计,会不会有趣得多?大家会不会更喜欢上课?看样子,她的理想要改变了——做教育局长也不错嘛!

　　"你最近还好吗?你那个去美国的好朋友有没有跟你联络?"潘正闵关心地问。

　　"有啊!他有时候写信,有时候发 E - mail 给我。不过,我觉得他好像很寂寞。"泥泥抬起头望向天空,天空灰灰的,就像袁大乘离开的那天一样。

　　"我听说刚开始都是这样。我有一个表哥刚去澳洲念书时,也是天天打电话回来哭,吵着要回台湾。可是,最近他们放了假,他却说什么也不肯回来了,说已答应了跟同学去墨尔本玩。"

　　"哦,是吗?"泥泥吐了吐舌头。她在想:袁大乘也会这样吗?

晚上洗好碗，写完功课，泥泥见刚看完连续剧的妈妈好像心情还不错，便趁机说："阿姨，我们学校要去毕业旅行，老师要我负责设计团体游戏耶！我一定会好好表现。"

没想到，妈妈的脸倏地变了，就像被刷了白油漆。她冷冰冰地说："毕业旅行？那得花多少钱！你李叔叔到现在还没有找到一份稳定的工作。要你去市场帮忙卖皮包和内衣，你都不肯，还想去毕业旅行？不准去！"

"可是，老师要我负责节目，我不能不去呀！否则会影响我的毕业成绩的。"泥泥把老师拉出来为自己争取机会。

"我说不行就是不行，你如果一定要听老师的话，就去做她女儿好了，让她来养你。"

泥泥几乎要哭出来了。她委屈地说："我从来没有去过台北，我真的很想去。我明天就跟你去市场卖东西。我还可以帮陈妈妈剥玉米皮，帮高伯伯挖萝卜，他们都会给我钱的。求求你了！"

妈妈斜睨了泥泥一眼，走进房间，拿了一张地图出来，递给泥泥，说："你平常不是很有想象力吗？你就看着地图，一个城市一个城市地走下去，想象你已经环岛一周就好了。

况且,要去台北旅行,也应该我先去呀,怎么也轮不到你不是。"

"如果是佳龙,你就会让他去,对不对?"泥泥小声抱怨了几句,哭着回了房间。这件事更加深了她的怀疑:妈妈很可能真的只是阿姨,而不是她的亲妈妈,不然为什么会对她这么坏?

晚上,泥泥写了一封很长的信给袁大乘,信纸上布满泪痕。信的结尾,她这样写道:"但是,你不用替我担心,只要为我祷告,让我有勇气与信心就好。我相信,任何困难都无法击倒我泥泥公主,我一定可以想出办法来的。"

谁说我是扫把星？

　　虽然妈妈不答应泥泥参加毕业旅行，但泥泥却不曾放弃希望。除了请逸豪大哥帮她在网站上多卖几个布偶外，她还利用课余时间主动帮妈妈去市场卖东西。她还跟左邻右舍打听，需不需要人手帮忙。

　　所以，当潘正闵想要找泥泥商量毕业旅行的团体游戏时，她几乎都找不出时间跟他讨论。常常因为手边刚好有事情在忙，她不得不爽约。

　　潘正闵以为泥泥不想跟他合作，去问了田芳瑜后，才知道事情的真相。这天，当泥泥拿着铲子在田里挖萝卜的时候，潘正闵突然出现，把泥泥吓了一跳。她拍拍手上的泥巴，结结巴巴地问："你怎么来了？"

　　"我来帮你一起挖萝卜！"潘正闵说着脱掉毛衣，卷起了袖子。

"不行,会弄脏你的衣服的！而且,挖萝卜挖不对,会挖断的,那样我就会被扣钱。"泥泥试图阻止他。

潘正闵拿着铲子,笑着说:"你放心,我去年寒假回奶奶家时,我爷爷教过我。赶快吧！我们一边挖,一边讨论毕业旅行的团体游戏。"

"不好意思。"泥泥的脸红了,不晓得潘正闵是否已知道妈妈不让她参加毕业旅行的事。

在潘正闵的帮助下,泥泥很快就把高伯伯家的整片田地里的萝卜挖好了。她跟潘正闵一起把满满一篓萝卜抬到高伯伯家,领到了十块钱。

"我很佩服你:才念小学就知道要打工赚钱。我听田芳瑜说,你平常要做很多家事。比较起来,我是太幸福了。"潘正闵洗干净手之后,有感而发。

泥泥摇了摇头,说:"你错了,虽然我要做很多家事,但我还是觉得很幸福。因为我认为做家事并不是处罚,而是一种锻炼。"

"你真的跟别的女生不太一样,难怪袁大乘会那么喜欢你。你要不要猜猜看,我以前喜欢的女生是谁?"

"啊?你也喜欢过女生?我还以为你跟大家说的那样从来都是我行我素、只喜欢自己,对女生没有任何感觉呢。"

"你一定不相信,我暗恋的那个女生,她可能到现在都不知道我暗恋她。嗨,就是你们班的赖佩珊啦!我第一次见到她,觉得她好漂亮,那辫子上的蝴蝶结随着她跑步一跳一跳的,好像蝴蝶飞舞。可是,后来我渐渐发现,她的心不像她的外表那么美。尤其是上次歌舞比赛时,她骂你骂得那么凶,我就决定不要再喜欢她了。"

泥泥吓坏了:如果这件事让赖佩珊知道,一定会恨她一辈子——不,大概要十辈子。她结结巴巴地想帮赖佩珊说好话:"其实,赖佩珊也不是坏人。我觉得她只是没有交到真心的朋友,很孤单,很寂寞,所以才会那样说话。我有时候还很羡慕她那么漂亮,像个公主。大概很少公主会像我这个样子,又黑又瘦,活像一根萝卜干。"

他们正说着话,街对过突然传来赖佩珊的尖叫声:"孟泥泥,我一定要告诉袁大乘,说你变心了!"

"糟糕,你刚刚说的话,会不会被她听到了?"泥泥最不喜欢听到秘密,偏偏很多人都要说秘密给她听,这下子,她跟赖佩珊的仇结大了。

"你不要紧张。隔那么远,她又不是千里耳,没事的。你就当我从来没有说过吧。任何人来问,我也不会承认的。"

就在泥泥专心地看着下了车要走过来的赖佩珊,想找话表明自己的立场时,突然有一辆汽车从巷子里冲了出来。

眼看要撞到泥泥了,潘正闵连忙把泥泥往一旁推。

结果,他自己却闪避不及,被汽车刮倒了,脑袋撞到了地上。

赖佩珊一路尖叫着跑过来,大声说:"孟泥泥,你害潘正闵被车撞了,你完了。"她说完,又急忙回头叫爸爸:"爸,你快来,我同学被车撞了。"

赖爸爸跟赖佩珊七手八脚地把潘正闵抬上车,送去了医院。泥泥一个人孤零零地站在路边,心里急得不得了。可是赖佩珊不让她一起去,她实在没办法。

还好泥泥够冷静。她想了想，整个镇上只有一间大医院——博爱医院，潘正闵一定是被送到那里去了。可是，医院离这里有一段距离，她要怎么过去呢？身上的钱是要用来做毕业旅行的基金的，她没别的办法，只好半跑半走地赶去医院。

全身是汗、气喘吁吁地赶到博爱医院的急诊室，泥泥还没开口问护士小姐，远远地就听到了赖佩珊独特的声音。泥泥循声走过去，就听到赖佩珊说："潘妈妈，我跟你说，潘正闵是被我们班的孟泥泥害的，是她把潘正闵推倒的。你一定不知道孟泥泥的绰号叫做扫把星，谁跟她在一起都会倒霉。潘正闵不会脑震荡吧？要不要我去找孟泥泥来？她得负责！"

赖佩珊根本就是在说谎，泥泥很想冲出去为自己辩驳。可是，她继而一想，潘正闵的确是为了救她才被车剐倒在地的，这也等于是她害的。平生头一回，她开始怀疑自己真的是扫把星了。

泪水缓缓流下，泥泥在内心祈祷潘正闵平安无事。她多么希望自己这颗扫把星能变成穿着长长的晚礼服的天使，从天空飞过来保佑他。

抢救泥泥行动

　　孟泥泥知道,她到学校后肯定又要面对赖佩珊编造的夸大的谣言。走到校门口,她左顾右盼,好怕伤人的箭这时射过来。田芳瑜帮她打气:"你又没有错,不要怕,兵来将挡,水来土掩,谎言来就不理它。"

　　话是这么说,当泥泥登上楼梯,来到走廊,从六年级一班开始,一间间教室走过去时,不怀好意的眼神就接二连三地射了出来。尤其是当她经过潘正闳念的六年级五班时,好几个女生怪叫个不停:"凶手,她根本就是凶手!人家潘正闳不喜欢她,她就故意要害死潘正闳。"

　　泥泥用最快的速度跑进了自己的教室。赖佩珊等一群人已经围在她的座位旁。王礼涵带头质问:"你说实话,你是用哪只手推倒潘正闳的?"

　　泥泥看了赖佩珊一眼,什么也没说。她把同学推开,放好书包,坐了下来。

"你们看,她做贼心虚,默认了吧!"赖佩珊却不放过她。

田芳瑜气不过,回过头来仗义执言:"你不要乱造谣,潘正闵是为了救孟泥泥才被车子撞倒的。你根本就是嫉妒孟泥泥,成心迫害她。"

赖佩珊双手叉腰,理直气壮地说:"当时是你在现场?还是我在现场? 这事你没有说话的资格。"

泥泥还是不说话,可是,胸口却波涛汹涌。她不明白,一个人为什么可以睁着眼睛说瞎话。

赖佩珊如果知道因为她的坏心眼所以潘正闵才不喜欢她了,大概会气得拔光头发。

"很简单,你们大家自己去问潘正闵,看是孟泥泥对,还是赖佩珊说谎不就得了。"田芳瑜这么说以后,大家才总算停止了对泥泥的逼供。

放学的时候,泥泥借口要去书店看书,没有跟芳瑜同行。她背着书包一个人走了一大段路,去医院看潘正闵。没想到,潘妈妈和赖佩珊都在病房里。她只好到护士站跟护士打听潘正闵的状况。

护士说:"目前还不能出院,还要再观察几天,确定有没有脑震荡。"泥泥一听,心中就又开始七上八下了:万一潘正闵昏睡不醒,她的冤屈洗不清倒没关系,证明她真的是扫把星才最让她伤心。

看样子,自己是很难接近潘正闵了,她只好留下一张纸条,请护士转交给他,希望他快快好起来。

走到家门口的巷子,泥泥远远地看到田芳瑜跑过来。她说:"泥泥,这是袁大乘托我转给你的信。"

泥泥早就奇怪为什么袁大乘很久没有来信了,更奇怪他怎么会请芳瑜转交。她迫不及待地撕开信封,只见信上写道:

听芳瑜说你都没有收到我的信,我担心信是不是遗失了。或是有人把信藏起来了? 所以我特别请她转交。

你再也不要说自己是扫把星了,这一点都不像你。我不喜欢爱哭爱抱怨的泥泥,我喜欢勇敢的泥泥,不会被击倒的泥泥公主。

我平常很忙,要补英文,要写很多英文报告,而且也没有朋友,只能待在家里。希望你带给我的都是好消息,可以让我高兴一点。

……

是啊!现在的袁大乘跟以前不一样了,他也有自己的烦恼要处理,无法常常安慰她了。泥泥要靠自己了!

泥泥要继续努力筹措毕业旅行的基金,还有,为潘正闵祷告,求老天保佑他平安无事,脑袋没有摔成一片混乱。

上学途中,泥泥突然问田芳瑜:"有一天如果我突然变不见了,你会不会被吓死?"

芳瑜用力拍了她一下,说:"泥泥,你怎么啦?是不是担心潘正闵醒不过来,所以神志不清了?你胡说八道个什么啊!"

"没有啦,我只是担心潘正闵如果念我的名字的话,我是不是真的会像超人那样立刻出现在他面前。"她说出了自己去医院给潘正闵留下纸条的事。

芳瑜安慰她说:"你还是多想想今天的考试吧!像你这么好的人,老天一定会保佑你的。真的,我妈妈常常这么说,你的苦难不会持续很久的。"

她们经过训导处,才要走上楼梯,班主任从里面走出来,叫住了泥泥:"孟泥泥,你过来一下。刚刚有一位报社的记者打电话来要找你。"

记者?泥泥吓出了一身冷汗。自己做了什么坏事?难道是潘爸爸去告她害潘正闵车祸受伤?她连忙跟班主任说:"不是我撞的,潘正闵不是我害的,我可以去找目击证人。"

"真的,老师,孟泥泥不会做这种事。"芳瑜也在旁边主持正义。

"你们在说什么啊!这件事跟潘正闵没有关系。泥泥,快点进来,训导主任有话跟你说。"班主任催促她。

泥泥紧张兮兮地走进训导处。平常只有犯错违规的同学才会被叫到这里,她到底犯了什么事?

原来是报社的记者看到网络上流传的一个帖子——

"抢救公主泥泥行动",辗转打听到了这位公主泥泥就是这间学校的孟泥泥。

"你什么时候变成一位公主啦?"班主任问她。

她要怎么解释呢?她自己也是一头雾水:"公主泥泥"只是她给自己的称呼,只有最要好的同学和朋友才知道。

训导主任把一张纸递给泥泥,说:"你看一看,这是我从网上下载下来的。到底是怎么一回事?"

泥泥一看那帖子的内容,差一点昏倒。原来,逸豪大哥竟然把她打工筹措毕业旅行基金的事情发在网上了,还形容她是一位落难的公主,每天都要做很多家事,因为生活困难,只好放学就去挖番薯、拔萝卜、做布偶,换取一点小钱。

文章最后,逸豪大哥写道:"泥泥公主不需要白马王子,只希望有人帮助她实现毕业旅行的梦想。"

泥泥只好把妈妈不让她参加毕业旅行的事简单说明了一下。最后,她明确地说:"可是,这篇文章并不是我写的。我懂得要靠自己的努力,绝不会去求别人施舍的。"

训导主任叹了口气,说:"只要不是坏事情,学校是不会反对你接受采访的。午休的时候,记者会来,你自己把这件事跟他说清楚吧! 我已经挡掉了好几通电话,一直逃避下去也不是办法。"

泥泥变成了
新闻人物

泥泥出了训导处，一颗心跳得好快。她喘着粗气跟芳瑜说："惨了啦，你哥闯祸了！我这下子真的落难了。你赶快给他打手机，说公主泥泥遇难了，他如果不来，我就会死得很惨。"

记者访问泥泥的时候，逸豪大哥果然赶来了。他没想到小小一条帖子会引起这么大的反响，跟记者解释说："我看到泥泥那么辛苦，不忍心，所以发了条帖子给网上的朋友。"

记者了解了整件事的来龙去脉后，便问泥泥自己的想法。泥泥说："我……我还是希望靠自己的力量筹措毕业旅行的钱。如果有人喜欢我做的布偶,欢迎大家买,这样也是帮助我啊!"

第二天,访问稿《公主泥泥和她的布偶们》在当地报纸登了出来,虽然篇幅不大,但还是引起了人们的注意。接着,电视台也来采访了泥泥。这下子可在当地引起了轰动。有人说要捐钱给泥泥,有人说要收养泥泥,甚至有企业的负责人说要出资供泥泥念书,供她一直念到博士为止。

刹那间,孟泥泥变成了名人。她走到哪里,校园里都有人指指点点。甚至有人特意跑到六年级八班的窗口来看她,想要认识她。

赖佩珊嫉妒得眼睛喷火,难听话便又出笼了:"哼!真丢脸,还好意思跟人家要钱。王礼涵,你说,这叫什么?"

"这叫乞丐!孟泥泥现在是丐帮帮主了。"王礼涵跟赖佩珊一唱一和。

李秀华也说:"我们班的脸简直都被她丢光了!没有钱去毕业旅行?鬼才相信,她根本就是故意想出风头。"

孟泥泥不想理他们,只希望自己能像以前一样安安静静地过日子。她已经委托逸豪大哥全权处理她的事情了。她不再接受采访,也不会接受金钱的捐助。

当李叔叔知道泥泥把别人捐的钱全部退回了时,把她臭骂了一顿:"家里都没有钱吃饭了,你还把钱推出去。我看你不必上学了,跟你妈去市场卖东西吧。真没见过你这么不懂事的小孩!"

妈妈的反应还好,只是说:"你回房间去写功课去吧。以后有什么事情记得跟我商量。人家田逸豪又不是你什么人,怎么可以代表你?"

泥泥坐在窗前,撑着头,歪着嘴,发呆。她实在想不明白,为什么大人这么爱钱,一谈到钱,大家的态度便立马不同了。怪不得有人中了彩票,不是被抢,就是被杀,或是被绑票。钱,真的好像恶魔的诅咒。

周末,当把新做好的猫布偶拿给逸豪大哥时,泥泥提出了心中的疑问。逸豪大哥这样告诉她:"钱本身不是坏东西,只要取之有道,就没有关系。"

"我也是这么觉得。不然的话,我以后帮邻居做工都不敢拿钱了,好像我很爱钱似的。"泥泥吐了吐舌头。

"泥泥,我要告诉你一个好消息。前一阵子,有一家玩具公司的负责人看了你的报道,要我寄你做的布偶的图片过去。没想到,他们看了很喜欢,希望能亲眼看到你做的布偶。如果满意,他们就会跟你签约,发售你设计的布偶,名字就叫做'泥泥娃娃系列'!那位负责人说,这样帮助你更有意义。"

"对啊!我哥本来想等事情确定了再告诉你。可是,泥泥,我太兴奋了,忍不住要他现在就说。因为那位老板说,签约金就有两万块,两万块啊!"田芳瑜在一边伸着两个手指,说。

泥泥开始尖叫:"真的吗?我不是在做梦吧?这是真的吗?快捏我一下。好痛,是真的,是真的。那我可以去毕业旅行了!"

她紧紧地抱住逸豪大哥,激动地说:"不管会不会签约,我都已经很高兴了!逸豪大哥,你真是老天派给我的天使,你比超人还厉害。"她说着,眼泪缓缓地流了下来。同时,她在心里想:自己真的不是扫把星,而是幸运之星。

想到这里,她跳了起来,大叫道:"我要去告诉潘正闳,他刚好今天出院。芳瑜,你陪我一起去医院,好不好?"

"傻泥泥,你求她干吗? 我去帮你撑腰,我以后就是你的经纪人了。"逸豪大哥拿了车钥匙,拍拍她的头。

潘正闳已经办好出院手续,一家人提着大包小包,刚好走到医院门口。不出泥泥所料,赖佩珊也在旁边。泥泥跳下车,突然间有了一丝迟疑。逸豪大哥在后面为她加油:"记住,泥泥公主是不怕任何恶势力的。"

泥泥深深地吸了一口气,跑了几十步,冲到潘正闳面前,兴奋地说:"潘正闳,很高兴你的脑袋还是好的。我还要告诉你更棒的消息:我已经有去毕业旅行的钱了。"

赖佩珊用鼻子哼了一声,说:"潘正闳,你要跟一个到处向别人要钱的人说话吗?"然后她转过头去说:"潘妈妈,她就是那个特大号的扫把星——孟泥泥。就是她害潘正闳差一点脑震荡的。你们要跟她保持距离,不然,就会被她害得粉身碎骨。"

潘妈妈没有理赖佩珊,而是迎过来笑眯眯地说:"你就是公主泥泥啊! 我在报上看过你的报道。你很勇敢嘛! 我很高兴小闵有你这样的同学,谢谢你来看小闵。"

赖佩珊没料到碰了一鼻子灰,悻悻地走到一边,斜着眼瞪着泥泥。

潘正闵听妈妈这么不遗余力地夸泥泥,略显苍白的脸上闪过一丝红晕。他笑着说:"公主泥泥,在你的字典里,真的没有'困难'这两个字啊!我看,我们要准备讨论毕业旅行的节目了,对不对?"

会飞的摩天轮

毕业旅行终于要成行了,泥泥兴奋得几天都睡不好觉。

出发的前一天,刚好遇到寒流来袭。妈妈试图阻止泥泥,跟她说:"你身体不好,以前也没有出过远门,再加上你又没有御寒的外套,我看你还是不要去了,在家里帮阿姨的忙吧。快要过年了,皮包的生意特别好。"

"阿姨,你放心,这样刚好可以训练我的抵抗力——就像梅花越冷越开花一样。而且,芳瑜已借给我一件带帽子的大外套。"泥泥争取了很久才顺利成行,况且她跟潘正闵设计了很多团体游戏,正要大大发挥一下,怎么可以轻易放弃呢?

当她坐在台北内湖美丽华的摩天轮上望着四周变得越来越小的景物时,忍不住紧紧地拉住田芳瑜的手,激动地说:"你知道吗,我觉得我好像长了一对翅膀,突然会飞了。

我好感谢发明摩天轮的人,让没有机会坐飞机的我可以尝到飞翔的感觉。"

"你不是说可以利用签约的两万元钱搭飞机去美国看袁大乘吗?"芳瑜问她。

"可是,我一个女生跑去找他,有些奇怪呀!为什么不是他回来看我呢?而且,这钱我已有别的计划了。"妈妈的生日快到了,泥泥想买一件漂亮的衣服送给妈妈。

芳瑜偏过头看看她,说:"泥泥,你是不是真的像赖佩珊说的那样变心了呀?你好像忘了袁大乘,开始喜欢潘正闵了。"

"那不一样,真的不一样。"泥泥小声说,有些心虚。夜晚时分,望着大乘布偶写日记的时候,她也会问自己:为什么常常用力想都想不起袁大乘的模样?每次在梦里遇见他,他四周都好像围绕着浓浓的雾。

晚餐后,泥泥跟潘正闵联手带大家玩游戏,从考验应变能力的"三心二意"、测验默契的"七手八脚"一直玩到展现戏剧细胞的"骇客任务",大家 high 到了极点,都快要玩疯了。

担任毕业旅行总指挥的齐老师在活动结束时这样对大家说:"我们这次非常感谢潘正闵同学和孟泥泥同学,为大家准备了这么精彩的节目。大家一起用掌声来给他们感激与鼓励吧。"

当掌声响起时,泥泥的眼角湿润了,却在不经意间看到赖佩珊转过头去,没有鼓掌,整张脸充满怒气与不屑。看样子,她跟赖佩珊之间的怨越结越深了。为什么她喜欢的人刚好也是赖佩珊喜欢的人? 还是,赖佩珊知道她喜欢谁,就故意跟她抢?

太复杂了,她宁愿跟所有人都做好朋友。

睡觉前,田芳瑜打手机回家后,顺便问泥泥:"你要不要打电话给你阿姨?"

"算了,我玩得那么开心,她会受刺激的。她都没有见过101 大楼。"泥泥摇摇头,可是,心里又隐隐有一种不安的感觉,所以还是跟芳瑜借了手机。没想到,已经是晚上 10 点多了,家里却没有人接电话。再怎么说,弟弟也应该在家啊!

"芳瑜,可不可以拜托你哥去我家看一下？我好紧张,心跳得好快,不知道为什么。"

11 点多,房间里的同学都睡着了,泥泥枕边的手机突然响起,她被吓得差点跳起来。是逸豪大哥来的电话。她靠近手机小声说:"喂?"不知道是由于太冷还是害怕,她浑身不停地发抖。

原来,今晚妈妈在市场摆地摊,不承想遇到警察来取缔仿冒品。妈妈求警察把罚单撕掉,警察不肯,她就跟警察打架,被抓到派出所去了。

妈妈真厉害,竟然敢跟警察打架!不对,她不该这么想,妈妈这个月已经被开过三次罚单了。她早就劝妈妈不要摆地摊,妈妈每次都会把眼睛瞪得大大的,反问她:"那我们吃什么?吃空气吗?小孩子,不懂事。"

芳瑜挤到她床上,问:"怎么回事?"

"我妈妈跟警察打架。"她回了芳瑜一句,又问逸豪大哥:"我妈有没有受伤?我要跟老师说,明天我就回家去。"

"没关系,受了一点小伤而已。她现在已经回家了。我会随时帮你注意的。只剩一天了,你还是继续毕业旅行吧!"逸豪大哥安慰她。

第二天,怀着忐忑不安的心情,泥泥玩得无法像昨天那样带劲了。走在金瓜石铺成的黄金博物馆的小路上,她变得非常安静。于新蕙问她:"泥泥,你不舒服吗? 怎么你一直都在发呆。"

"她在忏悔。"赖佩珊冷冷地说,"有那么一个会跟警察打架的妈妈,真是够丢脸的了。"

身边的同学闻言立刻七嘴八舌地议论起来。异样的目光像箭一般射过来,泥泥的背脊仿佛爬过一条条冰冷的蛇。她知道,一定是昨天晚上跟她住同一个房间的李秀华透露给赖佩珊的。可是,她不想找任何人算账,也不想多解释,只是把目光投向遥远的大海。她真的不知道,为什么自己身边的人总是麻烦不断,这次她跟妈妈隔了那么远,总不会是她害的吧?

平常,妈妈只会处罚她,偶尔也会跟李叔叔打架,不过她从没见过妈妈跟别人动手动脚。会是因为李叔叔失业了吗？可是,李叔叔失业又不是一天的事。难道是李叔叔有外遇？因为妈妈太凶,所以他喜欢上别的女生,妈妈有气没处发,只好打警察出气？

真的是这样吗？

当泥泥拎着几份赖阿婆芋圆轻轻推开家门时,客厅里静悄悄的。弟弟佳龙正在大摇大摆地看漫画。奇怪,他不怕被妈妈看到会挨骂吗？

"阿姨呢？你还不快去写功课!"泥泥端出阿姐的威风。

佳龙头也没抬,继续看漫画,过了好一会儿才说:"妈妈在房间里哭。"

妈妈在哭？难道泥泥真的猜对了？

她敲了敲妈妈的房门,没有人回应。她转了一下门把,轻轻推开,只见妈妈呆坐在床边。她大概已哭了很久,正在中场休息。因为光线很暗,泥泥看不清她脸上的表情,只感觉她整个身影就像外面的冬天一样萧瑟。

"阿姨,我回来了。要不要洗米煮饭?"

妈妈没有说话,只是吸了吸鼻子。

"李叔叔呢?"泥泥不敢说出她的猜测,试探性地问。

"他最好死在外面永远不要回来!我怎么那么命苦,嫁了一个死老公,又嫁了一个坏老公,我活着还有什么意思?"

"阿姨,你还有我,还有佳龙。"泥泥安慰她,"我永远不会离开你的。"

"还说呢,就是你!就是你这个扫把星害的。自从生下你以后,我就没有过过一天好日子……你李叔叔把我辛辛苦苦卖皮包赚的钱拿去赌光了。他本来不是这样的人,他以前对我很温柔、很体贴的。"妈妈唠叨了半天,终于说出了实情,又开始歇斯底里地大哭起来。

李叔叔不是有外遇,那就好。泥泥想,自己可以把两万元签约金给妈妈,虽然这样她就不能去看袁大乘了,可是,她可不忍心看妈妈伤心。只要她继续做布偶,以后还是可以赚钱的。"阿姨,那你可以把我的钱拿去用,就是你前几天帮我去存的两万块。"

"就是你这两万块害了你李叔叔。他想用这些钱赚钱,结果赔光了，又偷我的钱想要去翻本，结果全都没了！"

"都没了？阿姨，你是说李叔叔把我的钱拿去赌博输光了？"

天啊！这下子换泥泥哭了。她好像从快乐的摩天轮上面摔了下来，刚刚燃起的希望被摔了个粉碎。一切又回到了原点，她又要从头开始了。

"都是你，都是你啊！"妈妈捶打着她。

泥泥不知道哪里来的勇气，抹了抹眼泪，说："阿姨，你不要什么事都怪别人，你自己也有责任。书上说，你如果一直想要依靠男人带给你希望，你就永远无法靠自己站起来。"

泥泥走出房间，把赖阿婆芋圆放进冰箱。她的心也跟着结冻了。本来她还想，今天晚上煮了芋圆，放一些她自己做的桂花酱，全家人一人一碗。伴着碗里冒出的白烟，一家人将会度过一个温暖馨香的夜晚。现在，她却好想离开这个家。是不是只有她远离，才能带走所有的不幸？

悲伤的演讲比赛

　　每次到了年级演讲比赛，各班都会派出"探子"打听别的班会出什么奇兵，都想抢得第一名的宝座。泥泥所在的六年级八班从来没有得过第一名，前两年赖佩珊和袁大乘先后出马，最好也不过只得了第三名，所以他们班的参赛兴致不高。

　　班上推选了半天，才决定由吴秀兰代表参赛。不晓得她是临阵怯场，还是真的生病，反正比赛当天早上，吴妈妈突然打电话来说吴秀兰感冒了，喉咙发炎，发不出声音。

　　当初票选列第二的于新蕙知道要换她去参加比赛了，吓得忙跑去办公室哀求班主任，说她只会背稿子，根本不敢即兴演讲。

　　班主任非常生气，就到班上来问大家："这是班级的荣誉，你们都不顾了吗？难道要老师去参加吗？"班主任说着，环顾全班，最后把目光落到了赖佩珊身上："赖佩珊，就换你吧！你参加过，有经验。"

王礼涵回头冲赖佩珊竖起大拇指，说："你去啊！"

赖佩珊却坐着没动，说："我才不要去丢脸：明明知道会落败，干吗还要去参加？只要有六年级五班的潘正闵参加，谁都别想得第一名。"

谢佑莉不以为然地说："我看你是怕抢走潘正闵的第一名，他就不理你了吧？"

"好了！你们赶快决定。我是绝对不容许弃权的。如果没有人自愿报名，老师就用抽签的方式决定。"

大家面面相觑，生怕抽到自己，当场出丑，从此遗臭万年，被编成故事在学校流传几代——那才丢脸呢！

这时，泥泥突然举起手来，说："老师，我去参加比赛。"

所有人的嘴巴都张得好大。孟泥泥？不会吧！她虽然作文写得好，可是，平常只会吵架，口齿不是很清楚，国语发音也不准确，更没有上台的经验,唯一的一次参加跳舞比赛,还差点把台下的人笑死,她去演讲? 去搞笑还差不多。

"老师,如果由孟泥泥代表我们班参赛,我宁愿去撞墙。"王礼涵大声抗议。

"那你就参加啊! 如果没有别人报名,我们班就派孟泥泥去了。老师不是常常说,要勇于接受挑战,才能成功吗?"

班主任说得轻松,泥泥可一点都不轻松。若不是看大家推来推去,很没骨气,她才不要蹚这趟浑水。反正她常常出状况,顶多再出丑一次。

泥泥想,如果袁大乘在就好了,他一定会教自己。眼看下午就要比赛了,泥泥病急乱投医,想到了找潘正闳求教。虽然彼此就要变成竞争对手,不过,她觉得潘正闳不会那么自私的。

果然,潘正闳对她说:"因为时间很赶,我也不知道要怎么教你。你就保持平常心,不管抽到什么题目,都尽量说你平常的生活经验就好。这样最自然,也比较不会被扣分。"

共有二十一个同学参加比赛,泥泥抽到的是十五号,就在潘正闳后面。陪她参赛的班主任安慰她:"这样比较好,你至少可以听听前面的同学怎么说,长点经验。"

可是,泥泥却想到:评审老师听完潘正闵的演讲,大概就根本不会再想听她的了。那她就做最坏的打算吧,最差不就是最后一名吗? 总要有人做最后一名吧! 她就牺牲一下,成全别人好了。

这样调整心态后,泥泥的紧张程度就减低了一些。她抽到的题目是"我最高兴的一件事"。她立刻联想到不久前的毕业旅行——那仿佛长了翅膀的摩天轮带她飞到了梦想的国度。

万万没想到,在她前面的潘正闵抽到的题目跟她一样;更糟的是,潘正闵说的内容,也正是毕业旅行。他为什么不说他被车子撞倒、差点醒不过来的事? 那么,泥泥要换掉这一个故事吗? 大家知道,她最高兴的事其实就是别人不要说她是扫把星。

想到扫把星,她的眼泪差点儿流下来。昨天晚上,李叔叔喝醉了酒,妈妈又跟李叔叔吵架,说要跟他离婚。李叔叔竟然骂妈妈是扫把星,说自己自从娶了她,就开始倒霉。到底她跟妈妈谁才是扫把星?为什么大家都不肯为自己负责,只喜欢把责任推给别人?

泥泥正想到这里,班主任推了推她,说:"孟泥泥,轮到你了。"

她抬头一看,潘正闵笑眯眯地正在鞠躬。她连忙起身,走到前面。听到麦克风传出"十五号,六年级八班的孟泥泥同学,题目是——我最高兴的一件事"后,她做了一个深呼吸,脑袋里装着妈妈和李叔叔吵架的场景缓缓走上了台。

也不知道怎么回事,泥泥开始说起自己的故事:

"我从小就被大家骂成扫把星,其实我很希望带给大家快乐。但也不知道为什么,我不管走到哪里,总会带给别人不幸。就连潘正闵也没能幸免。上个月,他跟我走在一起说话,就被车子撞了,差点脑震荡。还好没有,不然刚刚上台演讲的就是鬼魂了。"她说到这里,台下的听众笑了出来。

泥泥吸了一口气,挺起胸膛,继续说:"不管别人怎么骂我,都没有关系,我只希望妈妈爱我,了解我。但是,我听人家说,妈妈担心我会带给她不幸,所以听信了算命先生的话,不准我叫她妈妈。当我跌倒的时候,当我伤心的时候,当我需要有人关心我的时候,我都不能叫妈妈。我只能在梦里一遍又一遍地叫妈妈。我最高兴的事就是:有一天,我可以不再叫她阿姨,而是大声叫她——妈妈!"

泥泥说到这里,已经哽咽了。她好怕妈妈跟李叔叔离婚,那她的家就要再次破碎了,而且也印证了她真的是个扫把星。

当她回到座位时,班主任递了面巾纸给她,紧紧地抱住她,说:"对不起,泥泥。老师不知道你的事,还常常处罚你。"

"没关系。"泥泥摇摇头,心中开始担心妈妈知道她说出这个秘密,会不会从此以后不理她了。可是,刚才实在太紧急了,她也不知道要说什么。

全部同学演讲完以后,评审老师聚在一起讨论了一会儿。然后,最激动人心的时刻来了——教务主任要宣布名次了。

"第五名是五年级三班的廖文豪,第四名是六年级七班的章家珍,第三名是五年级九班的凌心如。"

泥泥原本还以为自己至少可以拿到第五名,这下看来希望落空了。她跟班主任道歉,班主任拍拍她的肩膀,说:"不要紧,老师觉得你是最棒的。"

教务主任紧接着宣布:"第二名是六年级五班的潘正闵。"潘正闵没有得到第一,那会是谁呢?大家私底下都在猜测着。

教务主任停顿了一下,又说:"获得本年度演讲比赛第一名的同学很特别,创造了我们学校从来没有过的纪录:所有的评审老师都给了她最高分!她就是——六年级八班的孟泥泥同学。"

全场鸦雀无声,一秒钟后,突然响起了热烈的掌声。大家都回头看孟泥泥这匹半路杀出的黑马。

"恭喜你!泥泥。"班主任握住她的手。可是,泥泥却一点也高兴不起来。她心里有太过于沉重的负担,她才十二岁,却好像已经活了二十年那么久,而要说起苦难来,她更像是已背负了两个世纪。

谁是我
真正的妈妈?

因为学校的大门平常是开放的,所以,大家都可以自由进出。曾经有家长反映这样很危险:万一学生被绑票或是偷偷跑出学校逃学怎么办?

但是,校长认为学校不是监狱,不应该大门紧锁。她说希望每个人到学校都是快快乐乐地来学习,至于闲杂人等,她会请保安密切注意。

没想到,不久,学校里真的混进了一位奇怪的妈妈,引起了轩然大波。

其实,也不能怪保安伯伯,那位妈妈从外表看很正常,穿的衣服也很干净,不像镇上某些精神失常的人,非但全身散发着恶臭,而且衣服也是破破烂烂的,甚至露着屁股。

这位妈妈一间教室一间教室地游走,口里念念有词:"宁宁,你在哪里？ 你不要躲起来,妈妈不打你了。你出来啊！ 你要玩捉迷藏吗？ 妈妈找不到你,吃不下饭,睡不着觉。宁宁啊！"

有的班级正在考试,同学们被她吵得无心写考卷;有的班级正在操场上体育课,她见人就抱,女生都吓得四处乱窜。

老师发现情况不对,连忙请保安把这位妈妈带出去。她在大门外大喊大叫:"还我宁宁,你们不要抢走她。宁宁,跟妈妈回家！"

午休时间,大家议论纷纷。

"她找的宁宁是不是念过我们学校？ 还是就在我们学校?"

赖佩珊哼了一声,说:"你们真笨,这么简单的题目都猜不出来。要我说啊,她一定是孟泥泥的妈妈。你们没有注意听吗,她一直叫的是'泥泥'、'泥泥'。而且上次孟泥泥演讲不是说过她的妈妈不让她叫妈妈吗,还不是因为那根本不是她亲妈妈。她亲妈妈发疯了,所以她被现在的阿姨收养了。"

田芳瑜走过去大声抗议:"你不要乱说,她才不是泥泥的妈妈。她已经精神失常了!"

"要不然,叫孟泥泥来对质。"王礼涵在一旁出馊主意。

泥泥早就听到了大家的议论。因为一场演讲比赛,她变得全校闻名,连去洗手间时都有人指指点点。所以,疯妈妈的出现,很容易就被大家跟她联想在一起。说心里话,她也好怕这是真的。

回到家,泥泥越想越不安。她仔细打量妈妈,觉得自己和她真的一点都不像:妈妈有一双大眼睛,而她的眼睛只比蝌蚪大一点;妈妈的皮肤白皙,她却像黑黑黄黄的泥巴;妈妈的嘴像樱桃,她的嘴却像蔡依林的嘴一样厚厚的。唉,如果证实她的确不是妈妈的女儿,她该怎么办呢?

趁着妈妈去市场卖皮包、李叔叔喝醉酒在

沙发上昏睡,泥泥溜进妈妈的房间翻找证据。她怕被弟弟佳龙发现告密,只好制订计划,每天只找一个柜子。

两天后,在一个铁制的饼干盒子里,泥泥看到了她小时候跟爸爸妈妈的合照,照片背后写着"繁中和丽美有了爱情结晶——泥泥"。铁盒子里还有爸爸当年追求妈妈的情书,以及爸爸送给妈妈的手帕和蝴蝶结发夹。

泥泥抚摸着照片上的爸爸,想:他真的很英俊,不输给韩剧的男主角,那他为什么没有把漂亮的部分遗传给自己呢? 是担心自己会红颜薄命吗?

照片上的一家三口显得好幸福。为什么上天要把爸爸的生命夺走,让她变成没有爸爸的孩子? 还有,为什么让她有妈妈也不能叫妈妈,那不是跟孤儿一样吗? 泥泥的眼泪滴在照片上面,她急忙擦掉,把照片放回盒子里。

让泥泥意外的是,铁盒子的最下层竟然有五封袁大乘写给她的信。看邮戳是袁大乘刚去美国不久时写的,也就是泥泥误以为他不再理自己的时候。

妈妈为什么这样做呢? 是不是担心泥泥会思念袁大乘,就念不下书了? 其实,她不专心念书,只是因为脑袋里想得太多了,跟袁大乘无关。那么,是因为袁大乘跟她是同父异母的兄妹——像电视剧里演的,所以妈妈才会拼命阻止他们交往? 或是,袁大乘的妈妈是爸爸的前女友,所以妈妈连袁大乘一起恨了? 泥泥这样胡乱地想着,觉得头痛不已。

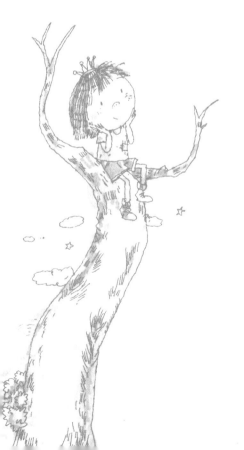

家里出现了大恶魔

　　泥泥悄悄跑去田芳瑜家，把自己的重大发现告诉田家人。最后她说："我真不知道自己应该高兴，还是应该伤心。"

　　芳瑜建议她："我觉得你应该先大笑，因为你阿姨真的是你妈妈。可是，之后你也应该大哭，因为你妈妈破坏了你跟袁大乘，害你们虽两小无猜，却没法青梅竹马。"

　　逸豪大哥拍了拍芳瑜的头，说："老妹你在胡说什么啊？你好像变得跟泥泥一样天马行空了。泥泥，我帮你查到那个疯妈妈了，她是住在另一个镇上的人。她平常对女儿很凶，常常打她。有一天晚上，她女儿跑出去，掉进河里淹死了。她听到消息后，就变得疯疯癫癫的，经常到附近的学校找女儿。"

　　"唉！为什么现在有那么多的暴力父母？我如果也跑出去，掉进河里淹死了，不知道我妈妈是不是也会疯掉？她真应该感激我每次都乖乖让她打。啊！糟糕，我妈妈要从市场回来了，如果她发现我不在，就真的要打人了。"泥泥跳起来。

泥泥半跑半跳地赶回家，远远地就听到了妈妈的尖叫声。完蛋了，妈妈一定是发现她不在家，又看到李叔叔在喝酒、佳龙在看漫画，所以开始发飙骂人了。

没想到，却是更惨烈的画面：客厅里，妈妈跟李叔叔扭打在一起，佳龙缩在角落里。泥泥过去抱住佳龙，问他："怎么回事啊？他们为什么打架？"

"我也不知道。妈妈一回来，就骂爸爸没用，不去工作，只会偷钱。"

"李叔叔又偷钱了？他怎么知道妈妈把钱藏在哪里？"泥泥感觉佳龙在发抖——他一定知道什么，"你说，是不是你讲出去的？"

"我不知道啦！我不说，爸爸就打我；我说了，妈妈就打爸爸。"佳龙哭了起来，"他们为什么要打架？都怪你这个扫把星！"

泥泥捏了佳龙一把,说:"你不准说我是扫把星。你们都很讨厌,什么都要怪别人。我怎么就那么倒霉,要生在这个家里!"

就在这时,李叔叔大骂一声:"谢丽美,你这个臭三八!"他边骂边用力推了妈妈一下。"砰"的一声,妈妈的头撞向墙壁,血从额头上流了下来。妈妈抱着头,大喊:"救命啊!杀人了,李志高杀人了!"

李叔叔却像失去了理智,不断用力甩妈妈耳光,连连怒吼:"你给我闭嘴,不准喊!"

泥泥吓得浑身发抖。怎么办? 这样下去,妈妈会死的!她不顾一切地冲过去挡在妈妈前面,说:"你不可以打她,你不可以!"

李叔叔迟疑了一下,跌坐在沙发上。泥泥连忙打电话向逸豪大哥求救。没多久,救护车来了,警车也来了。一阵混乱后,妈妈被送去了医院。

经过急诊室的处理,妈妈被送进了加护病房。医生说要观察三天,看看有没有脑震荡。

泥泥慌了,抓住逸豪大哥问:"要是有脑震荡是不是会变成植物人？那不是比变成疯子更可怕？"

"别担心，吉人自有天相，没事的。走吧，我送你回去。已经半夜两点多了，你明天还要上课。"逸豪大哥安慰她。

虽然是在这种兵荒马乱的时刻，泥泥还是忍不住说："逸豪大哥，如果你不是太老，我真的想要嫁给你，你对我真的很好哎！这个世界上，现在只有你对我最好了。"

"好了，你只要乖乖地平安长大，不再惹麻烦就好了。"

泥泥吐了吐舌头，说："这我可不敢保证。"

因为妈妈住在加护病房，泥泥放学后必须尽快回家，洗衣服、烧饭、帮佳龙看功课、整理家务。这些她平常都在做，并不觉得有什么困难。可是，每当她看到醉醺醺的李叔叔，心里就会涌出一阵恐惧。她觉得李叔叔的心里好像住进了一个恶魔，整个人已变得狰狞不堪。以前，妈妈打她，李叔叔还会救她，可现在李叔叔天天喝酒,变成了一个可怕的酒鬼,一切都跟以前不一样了。

当天晚上,李叔叔一边喝酒,一边跟来串门的邻居廖叔叔聊天。廖叔叔劝他:"你天天蹲在家里也不是办法,想办法找点本钱,去做点小生意吧。"

"我哪里有钱?我老婆被我打进了医院,连医药费都还是问题呢。"

廖叔叔努努嘴,示意李叔叔看向泥泥,说:"她就是你的摇钱树。别看她长得黑黑的,还挺有料的,嘿嘿。"

李叔叔摇了摇头,默不作声,继续喝酒。

泥泥躲进房间,锁上房门,紧张得一直发抖。这不是电影里才会有的情节吗?养父出卖养女?李叔叔真的会卖她吗?他会把她卖到哪里去?

她拿出日记本,写着心里的恐惧与担忧。如果袁大乘在就好了。这个时候,她特别想念袁大乘,似乎她心中最在乎的还是他。可是,他太遥远了,远得像天边的星星,没有办法给她一点温暖。

她跪在窗前祈祷,求老天保佑妈妈平安,这样妈妈就可以回来保护她;求老天改变李叔叔,让他像以前一样温柔地对待妈妈,让他很快振作起来。她不希望她的第二个家也毁掉。

好想叫一声妈妈

因为妈妈住在加护病房，一天只有三次探病时间，所以泥泥会尽量每次都把握难得的机会，进去探望妈妈。

她本来还约了佳龙一起来，可是佳龙竟然说："我不敢去医院，医院里都是死人。"

难道佳龙一点都不想妈妈？李叔叔当然就不用提了。他们两个都是妈妈最爱的人，却偏偏一点都不想接近她。

换上绿色的隔离衣，泥泥跟着护士阿姨走进病区。每间病房住的都是很奇怪的病人：有的嘴巴张得很大，插着管子，好像正陷在深海里，没有办法呼吸；有的干干瘦瘦的，仿佛一片枯叶飘落在床单上。只有妈妈，躺在粉红色的床单上，安详的脸就像一朵美丽的睡莲。

妈妈的眼睛紧紧地闭着。泥泥轻轻碰她，她没有反应。泥泥着急地问护士："为什么我妈妈一直在睡觉？我早上来她在睡,现在中午了还在睡。"

"因为她的情绪一直不稳定,医生担心她会做出伤害自己的事,所以给她打针让她休息。你放心,你妈妈很好,医生说她没有事,再观察两天就好了。"护士阿姨安慰她。

泥泥坐在妈妈的床边,握着妈妈的手。妈妈的手指细细长长的。泥泥想,如果妈妈生在赖佩珊那样的家庭里,也许会成为一位伟大的钢琴家,身边围绕着很多追求者,然后,生下一个真正像公主一样漂亮白皙的女儿。

不对,不对,妈妈如果生在赖佩珊家,一定会是一个坏心眼的女孩,专门欺负人。

除了马屁精和见钱眼开的家伙,不会有人喜欢她,那样她生下的女儿就会得自闭症,没有人理睬,变得很可怜。

可是,像泥泥现在这样,不也很可怜?

她轻声地跟妈妈说话:"阿姨,你要赶快好起来,保护我。不然我就有危险了,说不定你以后就看不到我了。"

妈妈似乎听到了泥泥的话,身子抽动了一下,眼角滑下了一行细细的泪水,停在脸颊上,闪闪发光。

泥泥又继续说:"阿姨,你听得到我说话,对不对? 你可以告诉我你为什么要把袁大乘写给我的信藏起来吗? 你这样做都害我误会他忘记我了。现在他一定相信了赖佩珊的话,以为我喜新厌旧,所以不理我了。"

妈妈的嘴唇好像要张开,却没有发出声音。泥泥还想继续问下去,这时护士来催她出去了。她依依不舍地离去,跟妈妈挥挥手,说:"你放心,家里很好。我要去学校了,阿姨再见。"

快要放学时,泥泥收拾好书包,急着要赶去医院看妈妈。谁知道班主任却派人来叫她去办公室了。

喊完"报告",泥泥正想抱怨班主任为什么在这个关键时刻找她,一眼看到教务主任正在跟班主任交头接耳。天啊! 泥泥全身的细胞又开始进入备战状态了——是不是自己的成绩太差,不能毕业? 可是,从来没有听说过小学生会不准毕业的呀。那到底是什么事呢?

"孟泥泥,过来,主任有话跟你说。"班主任把泥泥叫过去。

"孟泥泥同学,下个月就是你们的毕业典礼了,高不高兴啊?是这样的,学校要派给你一个重要的任务,希望你能全力以赴地完成。"

"什么任务?是表演跳舞吗?"难道是今年的毕业典礼加了助兴节目?可是,也轮不到她啊,她跳舞都是乱跳的。

"不是跳舞。"教务主任摇摇头,"刚才校长找我们去商量,决定今年的毕业典礼请你代表毕业生致词。校长相信你一定可以圆满地完成任务,留给大家一个难忘的毕业典礼。"

"啊?"泥泥的嘴巴张得像河马那么大,怎么会是自己?"主任,不行啦!应该找潘正闵,他品学兼优。我什么都不会,我站上台,会被所有的毕业生丢鸡蛋的。"

"所有的人选我们都考虑过了,你是大家公认的最佳人选。好了,萧老师,就交给你了,你帮忙督促孟泥泥同学。"教务主任站起身,不给泥泥拒绝的机会。

泥泥几乎要哭出来了,腿都软到没力气站起来了。班主任劝她:"泥泥,老师知道你一定可以胜任的,老师对你有信心。你回去想想,反正时间还早,可以慢慢准备。"

什么慢慢准备?大人就是这样,说得好轻松,却把烫手山芋交给小孩。泥泥从今天晚上开始就会失眠了,脑细胞也会死掉一大半。上一次她参加演讲比赛是误打误撞,硬着头皮上场。这回要提前准备,她反而不知道怎么办了。这都怪她自己不好,上次非要多管闲事,这下子麻烦大了。

泥泥背着书包冲向医院,赶往加护病房。等她赶到时,探病时间只剩五分钟了。泥泥跑得气喘如牛,差点扑倒在正要被推进加护病房的病人身上。

没想到,妈妈还在睡觉。泥泥推了推她,她没有任何反应。

难道妈妈以后都会这样吗:总是在睡觉,再也不跟她说话,变成睡美人?泥泥好担心,眼泪在眼眶里打转,就要流下来了。她心里有一股冲动——要大叫一声"妈妈",说不定妈妈受到惊吓,就会醒过来了。

可是,万一妈妈本来病已快好了,她叫了"妈妈",被路过的魔鬼听到,妈妈的病情又因而恶化了,怎么办呢?

泥泥犹豫着、挣扎着,决定不了要不要开口。这可是大事啊! 她不能这么草率,如果发生不幸,她承担得了吗?

临离开病房时,泥泥还是跟妈妈说了她的心事:"阿姨,我要跟你说一件大事:你一定觉得不可思议,学校让我代表毕业生致词。我快吓死了。他们说这是最高的荣誉,可我觉得像是判我死刑。你赶快起来帮助我吧,不然我会心脏病发死掉。你要赶快起来哦! 我真的会吓死的!"

橱窗里的怪模特儿

泥泥回到家，难得李叔叔没有喝醉酒。他用奇怪的眼神望着泥泥，问："你怎么现在才回家？是不是又去跟男生鬼混了？"

"我没有，我去医院看阿姨。"泥泥把托邻居廖阿姨买的菜放在桌上。

"有什么好看的！她根本就是在装死，碰那一下有什么了不起？她是故意赖在医院里享福，不想回家。我饿死了，家里什么吃的都没有。"李叔叔不停地抱怨。

"阿姨对你那么好，你为什么要打她？她每天都煮那么好吃的菜，你现在都吃不到了。我只会做蛋炒饭、炒青菜、煮玉米汤，我有什么办法？"泥泥忍不住哭了起来。一个家没有了妈妈，什么都不一样了。

泥泥手忙脚乱地做好晚餐，端上桌。佳龙非但不帮忙，还在一旁抱怨："姐姐,你真的很笨耶,每天都烧一样的菜。"

"嫌东嫌西的,那你别吃啊!"泥泥瞪他一眼,"真是讨厌的小孩。"

等泥泥收拾完饭桌和厨房,终于可以回房间写作业时,便猛打起呵欠来。她奔波得实在太累,撑不住了,便趴在桌上睡着了。

她做了一个梦,梦见自己一个人在逛百货商场,走啊走的,却发现百货商场里一个顾客都没有,每个柜台后面站的小姐都像假的模特儿,一动不动,只是咧着嘴巴对她笑,却笑得好怪异,让她不寒而栗。

在梦里,泥泥四处张望,想要寻找出口,却看不到大门在哪里。

突然听到有人叫"泥泥!泥泥!"好像妈妈的声音,她循着声音找去,却看到一个好大的玻璃橱窗里站了一排人造模特儿,它们穿着或粉绿或粉蓝或粉黄或粉红的衣服。当她一靠近,那些模特儿的头就一一滚了下来,滚到了她的脚边。泥泥吓得拼命尖叫,就醒了过来。

她揉了揉眼睛,刚回过神来就被眼前的情形吓坏了:李叔叔不知道什么时候跑进了她的房间,正坐在她对面,对着她笑。他见泥泥醒来了,便坏笑着说:"泥泥,叔叔好想你妈妈,让我抱抱好不好?"

泥泥还没反应过来,就被李叔叔的手用力抱住了。他抱得好紧,泥泥几乎都无法呼吸了。她吓得大声叫起来:"佳龙!佳龙!"

佳龙只是来到房门口看了看,晃了一晃,就走掉了。

泥泥不得已,只好奋力自救。她努力回想老师曾经教过的"当遇到歹徒或色狼时该如何保护自己"那一课。她闭上眼,用尽所有的力气去踢李叔叔,并用手指戳他的眼睛。李叔叔这才松开手,大骂道:"你这个死妮子,跟你阿姨一样。等着吧,我非把你卖掉不可!"

泥泥不顾一切地推开他,拉开大门,冲进了夜色里。她哭得稀里哗啦,却不敢停下脚步。她一直跑,一直跑,跑了好长一段路,才发现自己竟然赤着脚。脚底踩到了路上的玻璃碴,流了血,她都没感觉到。

这么晚了,她能去哪里呢? 她想了想,只好慢慢走向田芳瑜家,这时候,只有他们家是她避风的港湾。

逸豪大哥打开门,看到泥泥这么狼狈,连忙问:"怎么回事? 泥泥,快进来,是谁欺负你了?"

泥泥只是低声啜泣。虽然李叔叔对她毛手毛脚,可是,她还是不愿意说李叔叔的坏话。她还天真地以为,他大概真的是太想念妈妈了。

刚洗完澡的田芳瑜听到泥泥的声音,一边用毛巾擦干湿漉漉的头发,一边跑过来说:"你不要逼泥泥了,她不会说的。我知道是什么事,她曾经跟我说过:有人要李叔叔把她卖掉。"

"这太过分了,我要去报警。"逸豪大哥气冲冲地站起来。

田妈妈劝住了他:"你不要这么性急,先把事情弄清楚再说。没凭没据的,你去报什么警! 泥泥先住在我们家好了。小瑜,你去找一套干净的衣服给泥泥换上吧。"

夜已经很深了,泥泥独自坐在露台的藤椅上,没有一点睡意。她只觉得刚刚发生的一切好像一场噩梦。她抬起头,望着满天闪亮的星星,想着袁大乘是否也正跟她一样,望着同一颗星星?还是,他正在跟脸上长了雀斑的金发女生有说有笑?

逸豪大哥走过来:"泥泥,很晚了,还不去睡觉?小瑜都在打呼噜了。"

泥泥抱着膝盖,摇摇头。

"还在为李叔叔的事烦恼?"

"不是,我已经原谅他了。他以前对我很好的,现在一定是因为魔鬼住到他的心里了,他才会这样。我是在烦恼我要代表毕业生致词的事:我怎么有资格呢?那么多人比我棒,比我适合。"

"什么?"逸豪大哥放声欢呼,"泥泥,你的时代来临了。真的,这是喜事啊!你一定会有一个难忘的毕业典礼。"

"拜托,你有没有搞错?我这下子糗大了,即使很多年很多年以后,镇上的人都会把我们的毕业典礼当作笑话不断流传的。真的,这是一个错误的决定,我不能害校长最后被开除,也不能害我们班主任一辈子都不能当老师。我明天要去拒绝他们。"

泥泥做出决定之后,这才相信自己终于可以睡一个好觉了。

学校变成了焖烧锅

　　大清早,泥泥打算拒绝代表毕业生致词的事还没有说出口,她跟田芳瑜刚走进学校,就已经感受到到处弥漫着的怪异的气氛了。

　　泥泥经过的地方,总有同学用不怀好意的眼神打量着她,窃窃私语。她碰碰芳瑜,问:"会不会有人知道了昨天晚上发生的事?"

　　"谁那么大嘴巴? 而且,你到我家时已经很晚了,不会有人看到的。"

　　"但是我穿了你的衣服,被别人看出来,就知道我又离家出走了。"

　　"不可能,你不要那么敏感好不好?"芳瑜一边劝她,一边拉着她走进教室。

　　随即传来了赖佩珊的怪腔怪调,好像在唱歌仔戏:"这个世界疯了,一个没有人要的小孩竟然可以代表我们毕业生! 天哪! 天在哪里啊?"

"是嘛! 是嘛! 我看是校长疯了。"王礼涵大声回应着。

李秀华也在旁边煽火:"我们要发动全校毕业生去抗议。佩珊,你爸爸不是家长会的会长吗? 要你爸爸来啊,校长敢不听他的话?"

向来保持中立的于新蕙也忍不住开口:"孟泥泥,你怎么敢答应呢? 这不是平常的演讲比赛,这是我们整个年级的大事。你的成绩又不好,家里又没钱,你这样上台,会被大家笑死的。被笑死以前,我看你还是赶快去教务处请辞吧。"

泥泥的脸涨得通红,仿佛被铁板烧得过久的肉排。芳瑜拉拉她的衣襟,说:"不要理他们,好朋友就会站在你这边。我们让班主任来处理就是了。"

泥泥搁下书包,两眼盯着赖佩珊,用很慢的语速说:"你不要担心,我会拜托你心爱的潘正闳来致词,这样你满意了吗?还是,你希望学校派你做代表?好啊!你家反正钱多,我把致词的权利卖给你,一万元,怎么样?"

赖佩珊被吓到了,愣在那里,"我……我……"了半天,不知道该怎么回答。

王礼涵帮她做了回答:"她家有钱,关你什么事?谁像你这么死要钱。反正我们等一下就会跟老师抗议。我们还要串联其他班级,看有谁站在你这边。"

"对!"有人撑腰,赖佩珊又活了过来,"我们要抗议,看看老师站在哪一边!"

当上课铃响,班主任走进教室,李秀华举手要发问时,班主任挥挥手,要她坐下了。

"老师知道你们要说什么。校长已经做了决定,让孟泥泥致词。谁要你们上次演讲比赛时都躲起来,不肯代表班级出赛来着!"想起上回的事,班主任也有一肚子气,"当时不懂得把握机会,错过了,就不要后悔。好了,拿出课本,上课了。"

虽然班主任这么说,让泥泥很感激,但是她早就打定了

主意,要推掉这件差事。首先,她决定要去找潘正闵商量,只有他答应接手了,泥泥才可以去找校长。

不等她去找潘正闵,赖佩珊的爸爸以及另外几位家长会的代表就出现在了校园里。校长室里不断有人进出,校园里的温度也好像突然升高了,变成了一个大焖烧锅。

赖佩珊好整以暇地坐在教室里,等着听她的虾兵蟹将来报告动静。当消息越来越明朗化后,赖佩珊神气活现地说:"你看吧,我就知道真理是站在我这一边的。孟泥泥,你真应该去厕所照照镜子,就凭你,一只地上爬的小蚂蚁,也想跟我这只美丽的天鹅斗?醒醒吧!"

"是呀!是呀!她如果上台,医院的急诊室一定会爆满!"王礼涵说。

"为什么?"李秀华问。

"因为一堆人都会笑破肚皮、笑断了腰、笑掉了大牙!"

王礼涵夸张地说完,班上笑成了一团。田芳瑜回头望了望泥泥,只见她趴在桌上,什么话也没说。

泥泥心里却在想"士可杀不可辱"这句话。她的确是一块烂泥巴,但也有可能做成一个举世无双的花瓶。如果她自己也放弃了,那她就真的可能永远只是一块烂泥巴,而如果她为自己争取机会,是不是结果就会不同了? 这就是班主任支持她到底的原因吧!

她要让老师们失望吗? 她要让妈妈失望吗? 说不定她成功地代表毕业生致词,妈妈觉得脸上有光,会高兴得突然醒过来呢。

想到这里,泥泥缓缓地站起来,抬头挺胸,一步步走去了校长室。她要告诉校长,她绝对不会辜负她的一番心意。

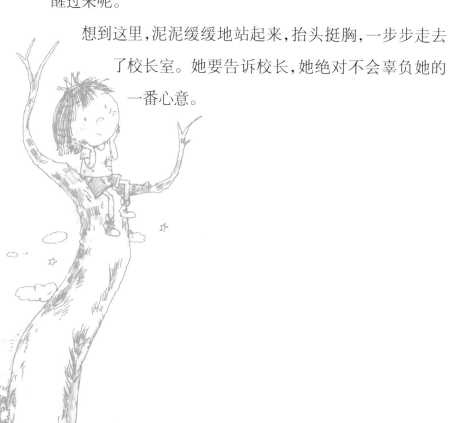

阳光溜进了病房里

校长实在挡不住几位声大势大的家长,提出了折衷方案:把六年级中适合致词的人找来,先进行一次比赛,再来依据比赛结果决定人选。

潘正闵要力挺泥泥到底,所以第一个就拒绝了。

赖佩珊想了想,自觉没有把握赢泥泥,而输了就太丢脸了,所以她也弃权了。

另外几位人选也都对泥泥做代表没有异议。就这样,整件事算是暂时平息了。

心怀不平的人还是等着看泥泥的好戏。泥泥虽然紧张,却真的开始用心准备起发言来了。

妈妈病情时好时坏,仍然住在医院里。泥泥不敢再回家,只得借住在田芳瑜家里。虽然她不知道天堂是什么样子,但是,她觉得自己这段时间就好像到了天堂。

田妈妈因为觉得泥泥实在太瘦了,每天都会煮好吃的菜,想要帮她补一补。

逸豪大哥对泥泥更好,连芳瑜都忍不住吃醋,说:"哥,你有没有搞错? 我才是你妹妹啊!"

逸豪大哥拍拍芳瑜的头,说:"你已经享受了哥哥十二年的爱,分一点给泥泥,没什么关系的。"

为了即将到来的毕业典礼,逸豪大哥特别在拍卖网站花六十块钱淘到一件小礼服,送给泥泥。大方得体的设计,粉橘的温暖颜色,衣服穿在泥泥身上就好像是为她量身订做的。

芳瑜则买了小珠珠,打算帮泥泥穿一条项链。

当泥泥穿着小礼服练习毕业典礼致词时,田家人掌声不断。她激动得流下眼泪,对芳瑜说:"我现在觉得自己好像公主一样。"

又过了几天,妈妈脱离了危险,但是,身体还是非常虚弱,经常昏睡。她转进了普通病房,继续由医护人员照顾。泥泥依然每天抽空去陪伴妈妈，念报上的新闻、说故事给她听，并帮她梳头、洗脸。

妈妈清醒的时候，总是定定地看着她，好像认识，又好像不认识。如果泥泥问她："你知道袁大乘是谁吗？他是我的好朋友。你为什么把他写给我的信藏起来？我很想念他，有时候，我的心会很痛。"妈妈就转过头去，好像不想听她说话似的，不一会儿，就传出鼾声。泥泥猜想，妈妈这么不喜欢袁大乘，可能真跟他家有什么过节，也就不再提起了。

明天就是毕业典礼了，泥泥知道妈妈是不可能参加的。趁着病房里的病人都出去了，她把病房的门关起来，站在妈妈面前，对她说："阿姨，也许你睡着了，也许你很清醒，我现在要在你面前说我明天要在台上说的话，你要为我加油哦！"

泥泥一字一句地说着她的肺腑之言："今天，对每一位毕业生来说，都是一个重要的日子，对我也是一样。离开学校以后，每个人都会努力实现自己的梦想。而我现在就有一个梦想，希望能够立刻实现，那就是我阿姨的病赶快好起来,来参加我的毕业典礼。"

泥泥哭了,可是,妈妈还是没有动静。难道她每天晚上的祷告,老天都没有听见?

这时候,昏暗的病房突然亮了起来,外面的天空阴转晴了,一道道阳光射了进来。妈妈的床单闪着白色的光,好美好美。

泥泥不知道哪儿来的勇气,决定做一件事。她要孤注一掷了,不管结果如何,她都要去尝试。

她走到妈妈的床边,靠近妈妈的耳朵,一个字一个字地很清楚地说:"妈妈,我爱你!你一定要赶快好起来!明天是我的毕业典礼,希望你能来参加。"

妈妈还是没有动静。泥泥却开始提心吊胆了,她四处张望,担心被魔鬼听到她叫妈妈为"妈妈",魔鬼就会知道妈妈的真实身份,就会把她的生命取走。

在回田家的路上,泥泥也是边走边回头,好怕有什么坏东西跟着她。刚转进巷子,她就听到有人大喊:"泥泥!"吓得她差点摔倒在地。

她揉了揉眼睛,看到李叔叔和佳龙站在田家楼下的大门前。两个人竟然手牵着手,也许是这一阵子相依为命,培养出感情来了吧!

"李叔叔。"泥泥低声叫他。她想到那天晚上的事,不由得有些尴尬地缩紧了身体。

佳龙蹦蹦跳跳地走过来,拉着她的书包背带,说:"姐姐,爸爸想要来看你,又怕你会骂他,就要我陪他来。"

李叔叔搓搓手,很不好意思地说:"泥泥,李叔叔对不起你,也对不起你妈妈。你妈妈还是不原谅我,不肯见我,只好拜托你替我问候她。我已经找到了一份工作,我希望你妈妈再给我一次机会。"说完,李叔叔递了一个纸袋给她:"听说你明天毕业,李叔叔没有什么钱,买了几本书送给你。"

"谢谢!"泥泥的眼眶湿润了。

"再见。"李叔叔转身走了。佳龙却一路不停地回头:"姐姐,你什么时候再煮玉米汤给我喝啊?"

"明天,明天我就煮玉米汤。"泥泥大声回答。

望着他们远去的身影,泥泥靠在大门上,捂住脸哭泣,眼泪从指缝中流出来,缓缓地流过手背、手腕。那一块干涸的心田,终于得到了滋润。

不一样的毕业典礼

　　对泥泥来说,这是她有生以来最难度过的一个夜晚。演讲稿已经背得滚瓜烂熟了,即使她真的因为紧张暂时失去记忆,或是台下嘲笑的声音太大而干扰了她,她也能保证还是可以顺利讲完。

　　她曾经做过噩梦,梦见她的小礼服被小偷偷走了。芳瑜安慰她:"万一你的噩梦真的应验了,没有关系,我的衣服借你穿。"所以,这也不成问题。

　　泥泥也说不清楚心里在害怕些什么,只是翻来覆去地睡不着。她担心吵醒芳瑜,便一个人悄悄地走出房间,坐到阳台上看星星。天空是淡淡的蓝色,明天应该是晴天,可是,为什么她的心情好像是阴天呢?

　　刚上完网、要到厨房的冰箱去拿饮料的逸豪大哥看到泥泥没睡,便关心地问她:"怎么啦? 是不是太紧张了?"

泥泥摇摇头,说:"你告诉过我,只要做了最坏的打算,就不会紧张了。"

"那你是……"逸豪大哥拉过一把椅子,坐下来问她。

泥泥叹了口气,说:"我本来准备保守秘密的,可是我又怕不说出来会发生意外。"她停顿了一下,决定不要把自己憋死:"我如果告诉你,你一定要保守秘密。"

逸豪大哥伸出小指头跟她打了勾勾。泥泥吁了一口气,看看前后左右,确定没有人偷听,这才靠近逸豪大哥的耳边说:"我在医院里悄悄叫了我阿姨'妈妈'。现在我好怕被魔鬼听到,会把我妈妈抓走。我妈妈如果死了,我就是杀人凶手了。"

逸豪大哥差点笑出声来,他不知道跟泥泥说过多少回,这明明就是一种迷信:因为泥泥的命很"硬",叫自己的妈妈"妈妈",就会"克"死妈妈;而叫自己的妈妈"阿姨",魔鬼就会相信。这世界上有这么笨、这么好骗的魔鬼吗?

可是,他知道这个时候说这些泥泥肯定听不

进去,也安慰不了她,于是说:"医院里的魔鬼都很忙,因为他们要取走很多病人的生命,不会有时间听你说话的。你放心,他们真要把你妈妈抓走,你叫妈妈的当天晚上就应该应验了。"

"那她为什么还没清醒呢?"

"你妈妈太累太辛苦了,要睡久一点才能恢复。医生不是说她的情况已经好转了吗? 说不定,她会给你一个惊喜呢!"

泥泥又叹了一口气,说:"我没有爸爸,不能跟爸爸撒娇。虽然我有妈妈,却又不能叫她妈妈,我真的很难过。"她说着,泪水缓缓地流了下来。

吸了吸鼻子,泥泥用力挤出一个笑容,跟逸豪大哥扮了一个鬼脸,说:"我会继续祷告的,我相信妈妈一定会战胜病魔的。"

因为睡得太晚,泥泥起床时,时间已经不早了。芳瑜早就穿好了她的白纱洋装。她催促泥泥:"快一点,要来不及了。"

梳洗完毕,田妈妈帮泥泥梳了个公主头,芳瑜帮泥泥戴上了小项链。两个小姑娘手拉着手对着镜子转了几圈,异口同声地说:"我们好像是公主姐妹花!"兴奋的心情溢于言表。

　　田妈妈特地叫了计程车,陪她们去学校参加毕业典礼。泥泥原想先转去医院看看妈妈,逸豪大哥却说:"别去了,你会迟到的。我帮你去看妈妈,然后立刻赶过去跟你们会合。"

　　　　走进校门,泥泥感觉好像到了王子举行舞会的王宫:每个人都变得不一样了,男生帅,女生美,校园里仿佛一夜之间盛开了许多奇花异草。

　　　　保安伯伯开心地跟她打招呼:"孟泥泥,我从来没看过你这么漂亮。"

　　　　泥泥羞得低下了头。她自己很不习惯这样打扮,可是今天又不能穿牛仔裤、运动衫,只好勉强淑女一天了。

　　走往教室集合时,她们在走廊上遇到了潘正闵。他的眼睛好亮,一看到泥泥就忍不住惊呼:

"孟泥泥，这是你吗？天哪！"

看他的表情，泥泥好像进入了神秘的梦境，差点以为他是要邀请她跳舞的王子，然后跳啊跳啊，时钟响起，十二点了……

"泥泥，快点，要集合了。"芳瑜的尖叫声惊醒了她。她收回神来，俏皮地扬扬下巴，对潘正闵说："记得帮我加油哦！希望我不会把讲稿忘得一干二净啦。"

泥泥冲进教室，差点跟赖佩珊撞成一团。赖佩珊破口大骂："你没长眼睛啊？这可是我刚从巴黎买回来的新衣服！"当她看清楚眼前站着的人是泥泥时，嘴吧张得好大，简直跟癞蛤蟆一样大，当然喷出来的也是毒气，"你、你、你……"

"怎么样？穿得比你漂亮对不对？"田芳瑜神气地说。

赖佩珊又是摇头，又是撇嘴，说："是很漂亮，只可惜你这件衣服是我捐给别人的旧衣服，不晓得你是从哪一个旧衣回收箱偷拿回来的？"

站在旁边的王礼涵和李秀华一听，逮住机会笑得好大声："哈哈！穿人家扔到垃圾箱的衣服。"

泥泥的眼泪差点流出来，但是，她知道，这是自己重要的日子,她绝不能哭,她要勇敢。泥泥挺了挺胸,说:"随便你怎么说,我都不会生气。我这是自己花钱买来的,我穿得理直气壮。"

但是,赖佩珊一伙人依然不停地在咬耳朵,而且跟班上的同学到处说。没想到,班里还是有人站在泥泥这一边。班上的大个儿志伟很严肃地走到赖佩珊面前,说:"你不要笑孟泥泥了,我觉得她很好看。今天要毕业了,你不可以再笑她了,她是我们的好同学。你如果继续笑她,我就会让你的新衣服变成破报纸。"

班里是一股山洪要爆发的态势,好像全班同学要分成两派决一死战似的。泥泥想象着她跟赖佩珊都狼狈不堪的样子,到时候自己怎么上台呢?幸好这时候班主任走进了教室,全班才安静下来。班主任跟泥泥招手,说:"你先到教务处做准备,教务主任要跟你说几句话。"

"哼!有什么好臭屁的?还代表我们,真丢脸!"赖佩珊不放过机会,在泥泥背后说。

魔咒终于解除了

　　等泥泥跟着教务主任走进礼堂,只见六年级的同学们已经按照班级排好队伍,鱼贯入座了。泥泥连忙找到自己班。她经过赖佩珊身边时,赖佩珊故意踩了她一脚。眼尖的田芳瑜拉了拉赖佩珊的头发,说:"你这是本班第一名的表现吗?简直是小鼻子、小眼睛的小人!"

　　"嘘!"班主任回过身来,制止大家继续说话。

　　毕业典礼开始了,校长、家长会会长、教师代表一一致词,泥泥紧张得左右手互捏手指,几乎要把手指掰断了。

　　接着进行的是颁奖典礼。潘正闵得了市级优秀毕业生奖,六年级一班的李爱珠和赖佩珊得了校级优秀毕业生奖。赖佩珊把下巴抬得高高的走上台,泥泥拼命为她鼓掌。田芳瑜问她:"你干吗帮她鼓掌? 你看她,还故意跑到潘正闵旁边跟人家合照,真恶心。"

"她也是我们班的荣誉啊！你干吗跟她一样小人呀？鼓掌啊！"泥泥推推她。

最后一个奖项是勤学奖，特别颁给六年全勤、奋发向上的同学。全勤是很不容易的一件事，因为历经流行性感冒、SARS 传染期，还能够保持全勤的同学，必须有一个好身体才行。

当五位获奖学生被叫到名字时，田芳瑜拍了拍泥泥的肩膀，说："泥泥，在叫你呢，勤学奖有你的名字耶！赶快去领奖。"

泥泥呆住了：怎么可能？她虽然没有请过假，可是，她的学业成绩顶多算是中等。

王礼涵酸溜溜地说："一定是学校让她致词，觉得她平常表现太烂了，会被别人讥笑，才故意给她颁个奖的。"

泥泥没有机会辩解，匆忙上台，领了自己的奖。合照的时候她还惊魂未定，几乎笑不出来。

紧接着就是她代表毕业生致词。下台又上

台,她的气都喘不过来了。

走到讲台中间时,她突然发现,这回跟上次的演讲比赛完全不同,台下的人多了好多。她看到了班主任鼓励的笑容,也看到了潘正闵肯定的笑容,更看到了赖佩珊揶揄的笑容。她深吸了一口气,把眼神转到充满爱与喜悦的芳瑜的脸上,开口说话:

"各位市长、各位镇长、各位校长、各位老师、各位……"还没说完,台下已经笑得东倒西歪了,因为市长、镇长、校长都只有一位,她却说成了各位。

教务主任紧张得在台下冲她猛挥手,泥泥警觉到自己说错了话,匆忙之下改变了开场白:

"大家好! 每个人生命中都会有很多意外,像我刚才上台领勤学奖,是一个意外;像我代表全体毕业生致词,是一个意外;像我刚才称呼错了来宾,也是一个意外。但是,不管这个世界会带给我们什么意外,我们还是要努力走下去。"

听泥泥说到这里,教务主任才松了口气,擦了擦额头上的汗珠。

"我是六年级八班的孟泥泥,今天有幸代表全体毕业生说几句心里的话……"说着说着,泥泥仿佛带领大家回到了六年前他们怯生生地走进校园的那一天。台下骚动的声音逐渐平息了。

"我相信每个人都有自己的梦想,离开校园以后,我们就要开始朝自己的梦想努力。不管我们过去的成绩是第一名,还是最后一名,都没有一个人可以把我们踩在脚底下——除非我们自己瞧不起自己。"

"最后,我要代表全体毕业生谢谢我们的校长和我们的老师。如果不是校长这么爱护学生,给每个学生机会,我今天就不会站在这里;如果不是老师费尽心力教导我们,我们也不会从一张空白的纸变成一本内容丰富的书。我们更要感谢我们的父母,如果不是他们的陪伴,我们不会……我们不会……"

泥泥想到自己的妈妈,哽咽了,几乎说不下去了。

"现在这个时候,我的妈妈虽然还躺在医院里,可是,我相信,她跟所有的爸爸妈妈一样,会继续陪伴在我们身边。"

台下的掌声一声、两声、三声……最后变成了一连串热烈的掌声,仿佛是大家在拼命给泥泥最大的鼓励。

就在这个时候,礼堂的门口突然出现了两个熟悉的身影。因为逆光的缘故,泥泥开始时看不清楚他们的样子。等他们再走近几步,泥泥终于认出来,是逸豪大哥搀着妈妈来参加她的毕业典礼了。

妈妈没有死,妈妈活了过来,魔咒解除了!泥泥几乎要大喊万岁了。她慌忙跟大家鞠了躬,说了一声:"谢谢大家,我的梦想已经实现了!"

她用最快的速度冲下台来。粉橘色的洋装几乎绊倒了她,她拉起裙摆,继续跑。就快接近妈妈时,她却突然刹了车,犹豫着,不敢靠过去。

逸豪大哥冲她眨眨眼,招了招手。妈妈虚弱地微笑着,她看起来从不曾这么温柔过。泥泥轻声地问:"我……可以……叫你……妈……妈吗?"

妈妈伸出了双手,泥泥冲过去抱住她,紧紧地抱着,生怕妈妈跑掉,她不停地喊:"妈妈……妈妈……妈妈……"好像要把十二年来都没有喊过的妈妈一次喊完,泪水流了一脸。

但是,她还是不忘跟逸豪大哥扮鬼脸,说:"谢谢你,我知道一定是你帮的大忙。怎么办呢,看来我不嫁给你是不行啰!"

典礼结束后,校长特地走过来,对泥泥的妈妈说:"你就是孟泥泥的妈妈吧?孟泥泥真是一个特别的孩子,我们都很喜欢她。"

走在校园里,沐浴在阳光下,毕业生纷纷寻找喜欢的同学合照。潘正闵的爸妈特地送了泥泥一束粉色的玫瑰,还邀请泥泥跟妈妈和他们一起拍照。

泥泥跟潘正闵站在一起摆好了姿势。潘正闵望着她笑了笑,泥泥心里突然涌起了一股喜悦感:虽然我没有城堡,也没有马车,但却是一位真正的公主。

那么,潘正闳就是她的王子吗?

逸豪大哥按下快门的一刹那,发现泥泥的表情十分怪异,好像被武林高手点了穴,于是就问她:"泥泥,你的笑容呢? 不要做那副怪相好不好?"

泥泥不说话,指了指逸豪大哥背后的校门口,那里站着一个她好久不见的人。那人双手交叉抱在胸前,定定地看着泥泥。他是长高了许多的袁大乘。

赖佩珊也发现了袁大乘,兴奋地跑过去叫他:"嗨,袁大乘! 你回来得太晚了,孟泥泥已经变心了。"

泥泥回头看看妈妈,妈妈轻声说:"你是要问那些信是吗? 妈妈只是担心你跟妈妈一样会受伤,所以才扣了袁大乘的信,对不起!"

泥泥又转头望望潘正闳,潘正闳拍了拍她的肩膀,说:"赶快去啊! 袁大乘不是你的好朋友吗? 不然赖佩珊又要搞破坏了。"

泥泥深吸一口气,比她刚才上台致词时还要紧张,生怕袁大乘误会她,或是不理她。但是,当她看到袁大乘脸上的笑容时,她知道,她那颗飘飘忽忽的心又回来了。

"我答应过你,我会回来参加你的毕业典礼,所以,我回来了。泥泥公主,恭喜你毕业了!"

袁大乘伸出友谊之手,望着她笑,就好像蔚蓝的天空下只有他们两个人。泥泥握住他的手,觉得自己好像在演电影,演一位寻找幸福的公主。

但是只是过了一分钟,她就又恢复了孟泥泥的本性,大吼一声:"袁大乘,你很过分,我受了那么多苦,你却现在才回来,我要跟你——算账!"

校园里人影穿梭不断,泥泥的故事和其他同学的故事还会继续演下去。至于谁是公主,谁是王子,似乎都已经不那么重要了……

预约幸福,这是一定要的啦!

历经了一连串大大小小的波折,勇敢追求幸福的泥泥公主,终于找到了她的心灵城堡,与有心结的妈妈和解,与朝夕思念的好友重聚……然后呢,公主与王子未来的故事,就等着你来完成啰!